AF194794

Manuel Möller

2 x 7 oder Eine verhängnisvolle Illusion

Version 1

1

Manuel Möller

2 x 7 oder Eine verhängnisvolle Illusion

(Autobiografie eines 32 – Jährigen!)

Bibliografische Information der Deutschen Nationalbibliothek:
Die Deutsche Nationalbibliothek verzeichnet diese Publikation in der Deutschen Nationalbibliografie; detaillierte bibliografische Daten sind im Internet über http://dnb.dnb.de abrufbar.

Herstellung und Verlag: BoD – Books on Demand, Norderstedt

ISBN: 9 78 37 52 60 73 07

Kapitel

Das Gespött der Klasse

So etwas wie Halt fand ich in einer Clique, von der ich nicht mal genau wusste, ob ich wirklich dazugehörte oder ob sie mich verarschte. Doch da ich in meiner Schulklasse zunehmend isoliert war und die Zerwürfnisse mit meinen Eltern ständig einen neuen Höhepunkt erreichten, war ich froh, so etwas wie ein Gefühl der Zugehörigkeit zu spüren.

Wir waren um die zwölf Leute und entsprachen so ziemlich dem Standard - Bild, das man von einer Teenie - Clique unseren Alters hatte. Wir rauchten, tranken Wodka - Cola und wenn das Geld knapp war, auch mal Wein aus dem Tetra - Pack, feierten wilde Garagen - Partys und einer nach dem anderen erlebte sein ersten Mal – bis auf ich.

Denn ich war schwul und hätte mich eher vor einen Zug geworfen, als dies offen zu bekennen. In der Mainacht stellten wir Maibäume, an Halloween zogen wir durch die Straßen und machten uns einen Spaß daraus, Kürbisse zu zertrümmern und nachdem man uns unsere Club - Hütte zerstört hatte, gingen wir auch mal auf

Verbrecherjagd. Wenn einer sturmfreie Bude hatte, kam es auch schon mal vor, dass ich meinen ganzen Mut zusammennahm und mich nachts aus dem Haus schlich, um die anderen zu treffen.

Meinen Eltern passte dieser Umgang nicht, absolut nicht. Denn sie missbilligten, dass ich mich mit Leuten abgab, die größtenteils die Realschule besuchten und in ihrer Freizeit etwas anderes taten, als ein Instrument zu spielen. Mir war diese Einstellung nicht verständlich, denn ich konnte nicht nachvollziehen, dass es sie nicht freute, dass ich zum ersten Mal in meinem Leben richtige oder vermeintlich richtige Freunde gefunden hatte. Natürlich blieb auch meiner Clique nicht verborgen, dass meine Eltern diesen Umgang ablehnten, was mir äußerst unangenehm war.

Zu dieser Zeit kam es nicht wirklich selten vor, zu Hause rausgeschmissen zu werden. Jedes Mal war ich total verängstigt, denn meine herrische Mutter wirkte bei ihren Überlegungen, mich in ein Heim zu stecken, stets so entschlossen, dass ich überzeugt war, fällig zu sein. Meist wurde ich dann zu meiner geliebten Oma verfrachtet, bei der ich solange ausharren sollte, bis ein Platz gefunden wäre. Fast immer war es mein Vater, der nach

Tagen des Zitterns das Gespräch mit mir suchte, um mir noch einmal eine Chance zu gewähren.

In erster Linie hatte ich nicht Angst vor einem Leben im Heim, dies hätte ich wahrscheinlich noch ertragen können. Vielmehr fürchtete ich, von meinen Mitschülern noch mehr verspottet zu werden, als dass dies ohnehin schon der Fall war. Denn irgendwie war mein Rauswurf immer publik geworden.

Ja, ich hatte einmal 20 Mark geklaut, um mit einem meiner wenigen Freunde ins Kino gehen zu können. Doch dies hatte ich inzwischen aufrichtig bereut und nach dem Kriegsverbrechertribunal, das meine Eltern abgehalten hatten, war ich mehr als genug gestraft. Natürlich wurd´ in der restlichen Verwandtschaft explizit darauf hingewiesen, bloß die Portmonees im Blick zu haben.

Ja, ich war auch mal frech, gab Widerworte, räumte mein Zimmer manchmal nicht auf und beklagte mitunter, nicht genug Geld zu haben. Aber war das für einen Jungen in meinem Alter nicht alles ein Stück weit normal? Als unverschämt, respektlos und verkommen, wie mich meine Eltern zeitweilig abstempelten, betrachtete ich mich jedenfalls nicht.

Ja, manchmal hatte ich bei Schlecker Zigaretten gezockt, wobei ich aber nie erwischt wurde. Aber scheiß drauf, Schlecker war 'n Dreckspuff, dessen Untergang bestimmt nicht an den 7, 8, oder 9 Packungen Kippen gelegen haben wird. Jeder klaute bei Schlecker! Die Regale waren niedrig, sodass man alles überblicken konnte. Kameras gab es nicht und die Kassier – Tante saß meist hinten in ihrem Kämmerchen, weil nie etwas los war. Ideal!

Früher war ich der Schleimer, mittlerweile die Schwuchtel. Es verging kein Tag, an dem ich von meinen Mitschülern nicht aufgezogen wurde. Bedauerlicherweise hatte ich das traurige Los gezogen, derjenige zu sein, über den man sich lustig machte. Ich fühlte mich absolut hilflos, denn natürlich hatten sie Recht mit ihren Vermutungen. Hätten sie mich verdächtigt, sonst was zu sein, hätte ich wahrscheinlich gelacht, weil es jeder Tatsache entbehrte. Somit wehrte ich mich nicht einmal ansatzweise, war total gehemmt, ja fast erstarrt.

So blieb mir nichts anderes übrig, als das Ganze ignorierend zu ertragen in der trügerischen Hoffnung, es würde nicht noch schlimmer. Wurde es aber. Dummerweise tat ich mir keinen Gefallen damit, von meiner Lieblings - Soap „Gute Zeiten –

Schlechte Zeiten" in den höchsten Tönen zu schwärmen. Während ich früher stets gern zur Schule gegangen war und mitunter gar nicht genug davon bekommen konnte, musste ich mich zunehmend dorthin quälen. Freitags war es auszuhalten, denn mit dem folgenden Wochenende gab es zwei Tage, in denen ich in Ruhe gelassen wurde.

Trotzdem war das Gefühl massiver Niedergeschlagenheit ein Dauerzustand, dessentwegen ich zunehmend das Interesse an den wenigen Dingen verloren hatte, für die ich mich überhaupt noch begeistern konnte. Meine Noten verschlechterten sich zusehends und ich musste auch noch zweimal Sorge haben, überhaupt die Versetzung zu schaffen – alles Umstände, die die Konflikte mit meinen Eltern nicht entschärften.

Ausgerechnet zum Zeitpunkt, an dem das Beerdigungs - Kaffee meiner Großmutter stattfand, wurde bekanntgegebenen, wer bestand oder wer wiederholen durfte. Zu sehr stand ich unter Strom, als dass ich noch um meine tote Oma trauerte. Meine Englischlehrerin hatte beide Augen zugedrückt, obwohl sie mir locker eine Fünf hätte reinhauen können. Yes!!!

Der Tod meiner Oma kam relativ plötzlich. Magendurchbruch. Noch einige Tage Siechtum im Krankenhaus, ehe sie für immer die Augen schloss. Noch einmal hatte ich sie in der Klinik besucht und in jämmerlicher Verfassung vorgefunden. Völlig zusammengesackt und mit tausend Schläuchen verbunden hing sie da auf den Tod wartend. Unendlich schlimm!! Aber ich war froh, mich noch wenigstens verabschieden zu können.

Im elften Schuljahr wurde – abgesehen von der Tatsache, jetzt auf dem Schulgelände rauchen zu dürfen – nichts besser. Im Gegenteil. Mit meiner Klasse war ich ja schon nicht mehr klargekommen, doch nun in einer vereinigten Jahrgangsstufe musste ich mich mit all den anderen Coolen und Angesagten rumschlagen, die ständig ihre freche Klappe aufrissen.

Als Schwuchtel wurde ich fast täglich bezeichnet. Was kommt morgen? Werde ich das noch bis zum Abi durchhalten? Wie weit werden die gehen?

Dass meine Jugend restlos kaputt war, hätte ich ja noch akzeptieren können, wenn ich wenigstens die Gewissheit erhielte, mein Abi zu packen. Dieses betrachtete ich nämlich als Entschädigung für verlorene Jahre. Niedergeschlagenheit konnte man längere Zeit aushalten. Angst dagegen nur einen gewissen Zeitraum, wenn man nicht gänzlich abdrehen wollte.

Daran, es intellektuell zu packen, zweifelte ich weniger. Meine Leistungsbilanz in Mathematik war zwar beeindruckend grottig. Doch unterm Strich würde es reichen, um zu bestehen. Blieb nur der teuflische Zweifel, ob ich genug Durchhaltevermögen mitbrächte.

Restlos entmutigt

Allmählich entwickelte ich Phantasien absoluter Hilflosigkeit, deren immense Dimensionen mich restlos entmutigten. In den schillerndsten Farben Heiko ich mir aus, was noch alles an Gemeinheiten auf mich niederprasseln könnte und würde. Entweder war ich innerlich erstarrt oder fürchterlich getrieben. Was von beidem ich als weniger höllisch empfand, wusste ich selbst nicht. Aber allmählich schien ich meine Eltern mit meiner Rastlosigkeit in den Wahnsinn zu treiben.

Wenn die Schule vorbei gewesen war, schmiss ich mich erschöpft aufs Bett, um im Schlaf mein Scheiß Leben zu vergessen. Ein 30 qm großes Zimmer im Keller hatte ich, aus dem man eigentlich was hätte machen können. Aber ich war zu fertig, als dass es mir etwas bedeutet hätte, es schön zu haben. Es hingen weder Poster an den Wänden, noch war irgendwas dekoriert und nachdem mein Gummibaum trotz liebevoller Pflege den Geist aufgegeben hatte, gab es auch keinen Neuen mehr. Und mit jeder Treppenstufe, die ich hinabstieg, fühlte ich mich noch deprimierter.

In der Schule stand ich restlos neben mir. Wie im Trance quälte ich mich durch den Schultag. Bei anspruchsvollerem Unterrichtsstoff konnte ich kaum noch folgen, weil meine Gedanken ständig abdrifteten. Ich zitterte, was meine Klassenkameraden zum Glück als Nikotinentzug deuteten, da ich allen als starker Raucher bekannt war. Meine Mimik war starr, mein Blick nicht minder. Neben der Angst, beschämt zu werden, wuchs daher die Besorgnis, man könne mir ansehen, wie krank ich wahrscheinlich schon war, von Tag zu Tag mehr. Glücklicherweise war ich in Deutsch und Geschichte fit, sodass eine Nachbereitung kaum notwendig war. Für Mathe waren alle vier Defizite schon eingeplant. Hier ging es nur darum, den einen Punkt zu bekommen, der mich retten würde.

In meiner Hoffnungslosigkeit war mich nichts Besseres eingefallen, als an meinen Pulsadern herumzuschneiden, um anschließend mein ganzes Zimmer vollzusauen. Mein Vater war es gewesen, der mich entgeistert antraf und mich umgehend ins Krankenhaus brachte. Dort wurden meine Wunden mit zwanzig Stichen genäht.

Ein paar Tage sollte ich noch dort bleiben, weswegen meine Eltern später noch einmal vorbeikamen, um mir Sachen zu bringen und zu klären, was mich bewogen hatte, so etwas zu tun. Inständig versicherten sie mir, für mich da zu sein und mich zu lieb haben. Das tat gut! Ich gestand, zu erwägen, die Schule zu schmeißen, da ich nicht mehr die Kraft hätte, mich der Anfeindungen seitens meiner Mitschüler zu erwehren.

Meine Mutter fühlte mit mir und mahnte gleichzeitig, ich dürfe dies auf keinen Fall. Anderenfalls würde ich mich im Leben mit immer weniger zufrieden geben. Dabei hatte sie so Recht! Von dem dem Gefühl, gescheitert zu sein, hätte ich mich wahrscheinlich nie wieder erholt. Und dennoch waren da die asozialen Typen, derentwegen ich hier lag. Ein Dilemma, aus dem es keinen Ausweg gäbe.

Im Krankenhaus hatte ich eine Überweisung zum Psychiater bekommen, bei dem ich nach kurzer Zeit einen Termin bekam. Ein sympathischer Mann, der einen soliden Eindruck machte und von dem ich glaubte, er könne mein Leiden in seinem Ausmaß ermessen.

Nun, es war keine Psychotherapie, er gab mir ein paar Denkanstöße mit auf den Weg und verschrieb mir „Paroxetin", ein Antidepressivum der neueren Generation mit weniger Nebenwirkungen. Diese waren mir letztlich herzlich egal. Ich hätte es auch genommen, wenn mir komplett schwindlig oder kotzübel geworden wäre. An einen radikalen Wandel glaubte ich schon längst nicht mehr. Aber nachdem sich nicht einmal der Ansatz einer Linderung meiner Ängste abgezeichnet hatte, verlor ich den letzten Rest an Zuversicht.

Es folgte eine Phase, in der meine Eltern und ich nicht mehr so massiv aneinandergerieten. Anscheinend nahmen sie Rücksicht auf meine angeschlagene Verfassung und sahen mir manches nach. Unendlich lange hatte ich gezögert, ehe ich zu meiner Mutter ging, um ihr aus dem Impuls heraus zu sagen, ich sei schwul. Da war es also ausgesprochen.

Erleichtert war ich trotzdem nicht, denn ich schämte mich immens. Es sei okay für sie, sie komme damit klar und außerdem habe sie es schon seit Jahren geahnt. Stimmt! Überrascht durfte sie nach dem Fund meiner Schwulen - Pornos nicht gewesen sein. Immer, wenn ich meine Tante besucht hatte, war ich am Kölner Hauptbahnhof ausgestiegen. Es hatte meinen ganzen Mut erfordert, das dortige Presse - Center aufzusuchen, einen günstigen Zeitpunkt abzuwarten, an dem kein Mensch an der Kasse stand, um sich dann aus dem Impuls heraus ein

Homo - Magazin zu schnappen, dieses umgehend zu bezahlen und sich schnellstmöglich zu verpissen. Die meisten Pornos kamen aus den USA und waren nicht gerade billig. Doch in meinen Augen waren sie jeden Cent wert, weil sie all das zeigten, was ich geil fand.

In meinem eigenen Zimmer hatte meine Mutter herumgestöbert. Denn andernfalls hätte sie diese nicht finden können. War ja nicht so, dass ich diese Schmierblättchen aufm Schreibtisch hätte liegen lassen. Als ich nachmittags von der Schule nach Hause kam, lagen diese ausgebreitet auf der Dielenkommode. In unendlicher Dimension hatten mich Panik und Scham übermannt und durchdrungen. Meine Mutter hatte mich daraufhin an den Küchentisch gebeten und von mir verlangt, ich solle dies erklären. Ich hätte sie umbringen können! Dabei fand ich es restlos inakzeptabel, in den persönlichen Sachen des fast erwachsenen Sohnes herumzuwühlen.

Mit leuchtend rotem Kopf erzählte ich eine wirre Story, von wegen ich wolle mich an einem verhassten Mitschüler rächen. Diesem wollte ich die Pornos in die Tasche stopfen, um ihn der Lächerlichkeit preiszugeben. Natürlich glaubte sie mir kein Wort, wobei ich die Geschichte echt gut fand.

Nachdem ich die Elf abgeschlossen hatte, begannen die schrecklichsten Sommerferien meines Lebens. Während andere ihren Urlaub genossen, malte ich mir wieder in glanzvoller Farbenpracht aus, was wäre, wenn ich das Pech hätte, viele meiner Feinde in meinen Kursen sitzen zu haben. Letztlich war es soweit gegangen, dass ich wegen mancher Typen Kurse belegt hatte, die ich in keiner Hinsicht favorisierte. Und das nur, weil ich hoffte, ihnen somit ausweichen zu können. Biologie hatte ich als Leistungskurs gewählt, obwohl ich weitaus stärker in Geschichte war.

Tja, und das Selbstbild? Unendlich feige fand ich mich, weil ich flüchtete und mich klein machte, anstatt zu versuchen, mich zu behaupten und die Brust rauszustrecken. Solange es aber das Abi als Lohn gäbe, war ich bereit, diesen Preis der Selbstverleugnung zu zahlen.

Der erste Freund

Ein paar Mal hatte ich versucht, mit meinem besten Freund über alles zu sprechen. Doch ich zweifelte daran, dass er meine Not in ihrer Dimension erfassen konnte. Daher hatte ich dann auch entschieden, es fortan sein zu lassen. Immerhin erzählte Tom mir von einem seiner ehemaligen Klassenkameraden, der ebenfalls schwul war und es wegen seines Outings zu Schulzeiten auch nicht wirklich leicht gehabt hatte.

Tom bot mir an, den Kontakt herzustellen, wofür ich sofort offen war. Denn es wäre nur hilfreich, wenn ich wüsste, wie es einem anderen Betroffenen in einer ähnlichen Situation ergangen war und sich jener in dieser verhalten hatte.

Es tat gut, sich mit Jan auszutauschen. Ich war total fertig und daher auch für jeden Rat dankbar, den ich bekommen konnte – erst Recht, wenn dieser von einem Leidensgenossen kam. Jan war ein hübscher Kerl, von dem man allenfalls vermuten konnte, schwul zu sein, wenn man ihn auf der Straße treffen würde.

Er war mir gleich sympathisch. Für seinen Mut, sich noch zu Schulzeiten zu outen, bewunderte ich ihn enorm. Jan erzählte von den Anfeindungen, die er erlebt hätte, von seiner Isolation in der Klasse und von dem Gefühl, von niemandem verstanden zu werden. Infolge dessen habe er sich immer weiter von allen zurückgezogen, bis er zum Schluss die meiste Zeit nach der Schule allein vor seinem Computer verbracht hatte. Seine wenigen Freunde, aber vor allem seine Eltern seien diejenigen gewesen, die ihn wieder aufgebaut hätten und ihm neue Zuversicht geschenkt hätten.

Ein paar Tage später besuchte ich Jan zu Hause, wo ich von seinen Eltern freundlich empfangen wurde. Fortan war ich öfter bei ihm und es war keine Seltenheit, dass seine Mutter für uns kochte und ich abends von seinem Vater sogar nach Hause gebracht wurde. So schön dies auf der einen, so unangenehm war mir dies auf anderen Seite. Denn ich schämte mich, da meine Eltern diese Gesten nicht nur nicht erwiderten, sondern sich nicht einmal ansatzweise für Jan interessierten.

Es hatte schon länger unterschwellig geknistert, bevor wir uns zum ersten Mal küssten. Ich hatte noch nie geküsst und dann jetzt auf einmal einen Jungen. Anfangs war ich noch total gehemmt, weil ich Angst hatte, mich blöd anzustellen. Jan aber war sehr einfühlsam, was es mir enorm erleichterte, mich fallen zu lassen.

Es war ein unbeschreiblich tolles Gefühl! Jan hatte es voll drauf und einmal angefangen, konnten wir gar nicht mehr aufhören, intensiv und innig ohne Unterbrechung eng umschlungen auf seinem Bett zu knutschen. Wir warteten noch bis zum Wochenende, bevor wir zusammen ins Bett gehen wollten, auch wenn wir meinetwegen sofort die Hosen ausziehen hätten können. Doch auch diese Tage vergingen und als es soweit war und wir im Kerzenschein miteinander rummachten, fragte ich mich, ob ich das alles nur träumte.

All dies waren wunderschöne Momente, doch ich war nicht wirklich im Stande, sie zu genießen – im Gegenteil! Ich war angespannt und unfähig, mich von meinen Sorgen und Ängsten auch nur ansatzweise zu lösen. Zwar gab ich mir größte Mühe, dies vor Jan zu verbergen, doch es gelang mir nicht, ihm etwas vorzumachen.

Mehrmals hatte er mir eindringlich versichert, er wolle mir helfen, doch ich wünschte, er hätte mein Verhalten einfach ignoriert. Ich fühlte mich unter Druck gesetzt, denn ich fürchtete die Vorstellung, er würde mittelfristig das Interesse an mir verlieren, wenn ich nicht in absehbarer Zeit lockerer würde. Tatsächlich schien mein Freund langsam, aber sicher zu erkennen, es nicht hinzukriegen, mich aufzubauen.

Jedenfalls hatte ich den Eindruck gewonnen, dass seine Begrüßungen längst nicht mehr so überschwänglich waren wie am Anfang. Mir blieb somit nichts anderes übrig, als zu versuchen, noch besser zu schauspielern, auch wenn ich nicht daran glaubte, dies überzeugend hinzubekommen. Elend fühlte ich mich, denn in meinen Augen war es nur eine Frage der Zeit, bis dass ich wieder allein dastünde.

Als sei diese Erkenntnis nicht schon schlimm genug, musste ich mich auch noch für das in meinen Augen unverschämte Verhalten meines Vaters bei ihm entschuldigen. Als Jan bei mir übernachtet hatte, fiel diesem nichts Besseres ein, uns vormittags aus dem Bett zu schmeißen, weil er meinte, wir hätten lang genug dort rumgehangen.

Den Höhepunkt dieses ganzen Trauerspiels bildete letztlich die Mainacht. Es begann schon vorab damit, dass es mir nicht gelungen war, Geld aufzutreiben, um rausgehen zu können, geschweige denn, dass es ausgereicht hätte, etwas Schönes für Jan zu besorgen. Daher blieb mir auch nichts anderes übrig, als ihm zu offenbaren, dass er sein Maigeschenk erst später bekäme. Ich schämte mich fürchterlich.

Während seine Freunde und er später dann in einer Bar in der Altstadt einen Drink nach dem anderen bestellten und ausgelassen feierten, gab ich die komplette Spaßbremse ab – unfähig, zu lachen, zu unterhalten, einfach Fun zu haben. Hemmungen, mir zu zeigen, dass er von mir enttäuscht war, hatte Jan nicht. Ein Bier nach dem anderen kippte er sich rein, wobei er mich komplett ignorierte. Nachdem wir im Morgengrauen aufgebrochen waren, hatte ich Magenkrämpfe, weil ich mir Vorwürfe gemacht hatte, ein solch jämmerliches Bild abgegeben zu haben. Und als wir später nebeneinander im Bett lagen, offenbarte er mir schließlich jenes, was alles andere als überraschend für mich kam: er wollte die Trennung!

Morgens Schüler, abends Stricher

Nachdem ich nun schon als Partner versagt hatte, fürchtete ich die Vorstellung, ich könne auch das Abitur psychisch nicht mehr packen, noch mehr, als dass dies ohnehin schon der Fall war. Dann hätte ich nämlich ohne alles dagestanden und ich glaubte, dieses komplette Scheitern hätte ich nicht überwunden.

War die Schule vorbei, packte mich sofort die Angst vor dem nächsten Schultag. An ein Leben von Tag zu Tag hatte ich mich inzwischen schon fast gewöhnt. Ich stand enorm unter Druck und brauchte daher schnellstmöglich etwas, um diesen abzubauen. Andernfalls würde ich restlos abdrehen, glaubte ich.

Mit Schneiden und Ritzen hatte ich es probiert, doch ich stellte bald fest, dass ich damit nichts anfangen konnte. Vielmehr wollte ich Sex! Schnellen, derben, anonymen Sex, um meine unerträgliche innere Hochspannung zumindest für einen Augenblick lang zu unterdrücken. Und da ich nicht wusste, wie und wo ich diesen in Aachen bekommen könnte, beschloss ich, in den schwulen Kölner Untergrund zu flüchten.

Etwaige Beklemmung vor dem Fremden verspürte ich nicht – im Gegenteil! Ich brannte darauf, dieses kennenzulernen. Mein erster Trip verschlug mich dann gleich in eine Stricherbar, wobei ich zunächst nicht checkte, was das für ein Laden war.

Das derbe Ambiente sowie die nicht minder bizarren Typen, die dort abhingen, fand ich unheimlich spannend. Der Vermutung, hier träfe sich alles, was gescheitert wäre, konnte man sich nicht ganz erwehren. Trotzdem war ich nicht wirklich beirrt. Denn auf seltsame Art und Weise gab mir dieses Milieu gerade genau das, was ich suchte. Vor Ort hatte es mich doch mitunter etwas Überwindung gekostet, diese Läden aufzusuchen, aber sie reizten mich zu sehr, als dass ich ihnen ferngeblieben wäre. Denn ich fand es cool, von den älteren Männern auf ein paar Bier eingeladen zu werden und mich störte es keinesfalls, mich im Gegenzug mit einer lockeren Unterhaltung zu revanchieren.

Hier fand ich schließlich auch einen Typen, der mir nach einigen Kölsch anbot, ein paar gemeinsame Stunden in einer Schwulen - Sauna zu verbringen. Lange zögerte ich nicht, denn der Kerl war attraktiv und es versprach ein Abenteuer zu werden, auf das ich mich nur allzu zu gern einließ. In dieser Nacht erlebte ich dann auch das erste Mal, was in einer Schwulen - Sauna alles abging. Kabinen und dunkle Nischen luden dazu ein, hier ganz ungeniert Sex zu praktizieren. Vermutlich hatte der Typ mich in eine Sauna geführt, in der nur das ältere Publikum jenseits der 50 abstieg, weil er sonst wohl hätte befürchten müssen, ich könne mit einem Jüngeren durchbrennen, nachdem er den Eintritt für mich gezahlt hatte.

Geilen, sauigen Sex hatten wir, bei dem ich, nachdem wir ein paar Lines Speed gezogen hatten, jegliche Hemmung verlor. Wir machten die ganze Nacht miteinander rum, bevor ich mich am nächsten Morgen total entkräftet auf den Bahnsteig schleppte, um den ersten Zug zurück nach Krefeld zu nehmen.

Speed war zweifelsohne ein geiles Zeug, und trotzdem gleichzeitig auch der absolute Dreck. Noch nie hatte ich so geilen Sex gehabt wie auf Amphetamin. Aber als die Wirkung allmählich nachließ, wünschte ich, ich hätte es niemals angerührt. Denn während ich anfangs nur eine leichte Beklemmung fühlte, hatte ich Stunden, nachdem ich die letzte Line gezogen hatte, nur noch Angst. Mein Herz raste, ich zitterte und ich fühlte mich so unendlich schlapp. Aber dann doch gleichzeitig so gepuscht, dass ich fürchtete, ich würde jede Sekunde vor Schwäche zusammenklappen, während ich durch das Morgengrauen irrte. Als ich schließlich heil zu Hause ankam, war ich unendlich erleichtert. Nachdem ich wieder halbwegs lebendig geworden war, erschrak ich davor, mich auf solch eine gefährliche Sache eingelassen zu haben.

Eigentlich hatte ich nicht beabsichtigt, hier in Köln Geld zu verdienen, obwohl der Gedanke mich reizte. Ich wollte Ablenkung, wollte etwas ausgegeben bekommen und wenn es sich ergab, sehr gern auch Sex.

Eher spontan hatte ich mich dann doch dazu hinreißen lassen, mit einem Typen mitzugehen, der zwar nicht toll aussah, dafür aber zahlte. Obwohl ich das Geld im Gegensatz zu den meisten anderen Strichern nicht zum Überleben brauchte, war es verlockend, schnell mal 50 Euro zu machen - zumal da meine Kohle wegen meiner Raucherei immer chronisch knapp war.

Ekel war mitunter da, doch er war wohl nicht groß genug, als dass er mich davon abhalten konnte – was vielleicht daran lag, dass ich mich nur mit Typen einließ, die mir nicht total widerstrebten. Auch wenn ich bei der Wahl meiner Sexualpartner nicht allzu festgelegt war, wäre ich mit den meisten Typen, die mir Geld boten, nicht freiwillig mitgegangen. Hier half es aber meist, alle Gedanken für eine Zeit lang auszublenden. Und falls das nicht gelang, dann lediglich den Gedanken an das schöne Geld zuzulassen. Nur ein einziges Mal ließ ich mich auf jemanden ein, vor dem ich mich richtig ekelte.

Er war 45 Jahre älter, doch die schönen 130 EURO entschuldigten dies. An jenem Tag hatte ich mich nicht im Stricher - Milieu aufgehalten, sondern war durch einen Grüngürtel am Rande der City gestreift, der dafür bekannt war, dass Schwule hier hinterm Busch die schnelle Nummer suchten. Abgesehen von manchen alten Säcken, die stets mit letzter Kraft angeschlichen kamen, wenn man beschäftigt war, war das eigentlich immer eine spaßige Sache.

Aus vielleicht 50 Metern Entfernung hatte dieser Opa mit den Fingern eindeutige Locksignale in meine Richtung ausgesandt. Und obwohl ich noch kurz gezögert hatte, war ich außer Stande, nicht auf den Lustgreis zuzugehen. Wie im Trance fühlte ich mich, so sehr erschrak ich vor meiner eigenen Courage.

Andere zweifelhafte Gestalten, die hier ihr Camp aufgeschlagen hatten, bekundeten ihre Empörung, indem sie mir angewidert abfällige Kommentare hinterherriefen. Sollen sie doch, dachte ich, wobei ich trotzdem so schnell wie möglich fort wollte. Mit seinem Auto fuhren wir dann einige Minuten bis zu ihm nach Hause irgendwo in ein Viertel, in dem die Besserverdienenden wohnten. Wir hatten ausgemacht, dass er schon einmal vorgehen und ich ein paar Minuten später ihm folgen würde. Denn schließlich durfte die Nachbarschaft ja keinen Verdacht schöpfen.

Alter feiger Kinderficker war das Einzige, was mir dazu in den Sinn kam, doch meinetwegen würde es so laufen, wenn er so wollte. Immerhin konnte ich mir sicher sein, dass er zahlen würde, denn dieser Kerl war ungeoutet und fürchtete wohl nichts mehr, als dass bekannt würde, was er trieb.

Ich hatte echt Hemmungen, meine Hose aufzumachen. Trotzdem wollte ich schnell zur Sache kommen, um das Ganze so rasch wie möglich hinter mich zu bringen. Als er schließlich meinte, er fände es geil, wenn ich ihm seine Titten leckte, hatte ich Mühe, meinen Ekel zu verbergen. Doch irgendwie schaffte ich auch das, indem ich mich zwang, nur an das gute Geld zu denken.

31

Auch wenn ich mich hinterher schämte, war da ein gewisser Stolz, diese 130 EURO selbst verdient zu haben. Unterschwellig hatte ich Gefallen daran gefunden, solche abgefahrenen Dinge zu reißen. War wohl ganz spaßig, diese Art von Doppelleben zu führen. Und letztlich lenkten mich die starken Reize zumindest zeitweilig von meiner Panik ab, ich könne nicht bis zum Abi durchhalten.

Von dem Geld hatte ich nie wirklich lange etwas, weil ich es meist innerhalb weniger Tage für Zigaretten, T - Shirts, Alkohol, Haargel, Süßigkeiten und dergleichen auf den Kopf haute. Hier in Köln hieß ich Thomas und ich kam auch nicht aus Krefeld, sondern aus Dormagen, denn ich fürchtete, man könne meine Spur bis nach Hause zurückverfolgen, dadurch, dass ich mich so häufig hier herumtrieb.

Zunehmend spürte ich, dass ich mir noch mehr Probleme aufhalsen würde, wenn ich nicht langsam mit der Stricherei aufhörte. Tatsächlich dauerte es noch eine Weile, bis ich mich aus Köln zurückzog. Denn es war immer wieder verlockend, spontan einen drauf zu machen und nebenbei noch ein paar EURO abzugreifen. Es bedurfte daher mehrerer Anläufe, obwohl ich nichts mehr fürchtete als die Gefahr, in diesem Milieu zu versumpfen.

Zweifelhafte Locations

Irgendwie war es mir dann doch gelungen, mich aus dem Kölner Untergrund zu verabschieden. Doch die Lücke, die sich damit auftat, wollte geschlossen werden. Und da ich mich für restlos nichts mehr begeistern konnte, hatte es auch nicht gelange gedauert, bis ich auf die Idee kam, mich doch in Krefeld einmal umzuschauen. In meinem Streifzug durch die schmierigsten Viertel der Stadt stieß ich dann schon bald auf zwei Kinos, deren Schäbigkeit jene der Kölner auch noch übertraf. Und das wollte schon was heißen.

Fortan war ich fast jeden Tag hier gewesen, wovon selten einer verging, ohne dass nicht etwas abgelaufen war. Zweierkabinen waren dafür ideal, doch zahlen durfte mein Sexpartner, der froh sein konnte, dass sich solch ein Bengel seiner annahm. Sexy Boys rannten hier nicht wirklich rum. Ich schaute mir diverse Titelcover an und musste grinsen, was manche so anmachte. Von „Oma mit Enkel", über „Inzest Company" zu „Hässliche Hausfrauen" war alles dabei. Eigentlich hatte ich nicht vor gehabt, hier Geld zu nehmen. Doch nachdem der erste mir 20 EURO geboten hatte, war der Entschluss nach kurzem Zögern wieder gekippt. Auch wenn ich es mir ständig aufs Neue vornahm, war die Verlockung zu groß, als dass ich mich ihrer erwehren konnte. Rational handelte ich schon längst nicht mehr, denn anderenfalls hätte ich gut daran getan, es sein zu lassen. Denn groß und breit wies der Betreiber explizit darauf hin, dass Prostitution verboten sei und ggf. zur Anzeige führe. Und bekanntlich gab es ja Leute, die darin brillierten, sich in jede Angst hineinzusteigern.

Dem Erreichen meines Abiturs war alles unterzuordnen. Auch wenn dafür die Sommerferien draufgingen. Aber da ich die ohnehin nur mit Bangen, Zittern und Zweifeln verbracht hätte, ergab sich auch kein Versäumnis, wenn ich diese in der Tagesklinik verbrächte. Im Gegenteil. Ich war immens erleichtert, weil ich nun die Chance hätte, mal durchzuatmen. Auf die Warteliste hatte ich mich schon sehr früh setzen lassen, damit ich die vollen sechs Wochen mitnehmen konnte, was auch nicht wirklich viel war. Dennoch meinte der dortige Therapeut, man könne auch in diesem Falle davon profitieren, wenn man sich voll drauf ein ließe.

Die 13 startete halbwegs entspannt mit unserer Abschlussfahrt in die Toscana. Meine Befürchtung, es könne ein Höllen – Trip werden, während dessen ich komplett isoliert wäre, bewahrheitete sich nicht. Mitunter gab es sogar Momente zaghafter Leichtigkeit, was sich nach Jahren des Elends einfach nur geil angefühlt hatte. Das Meer war leider von Quallen durchseucht, was mich davon abhielt, auch nur einen Zeh hineinzusetzen. Die anderen Jungs, die etwas mutiger waren, machten sich einen Spaß daraus, diese rauszufischen, um entweder in deren klebriger Masse rumzustochern oder sich damit gegenseitig zu beschmeißen. Da ich mich dafür nur wenig begeistern konnte, war ich am Strand entlang geschlendert, wo ich eher zufällig auf ein kleines Areal stieß, in dem schwule Einheimische und Touristen ihr Unwesen trieben, als ich durch die Trockenhölzer an der Küste gestreunt war. Das war doch mal was!

Mein Abi erreichte ich! Yes! Yes! Yes! Es war zwar nur eine 3,3. Aber das war mir herzlich egal. Angesichts des Kontextes war es eine Leistung, auf die ich immens stolz war. Und mein komplettes familiäre Umfeld dazu. Vielleicht sogar zum ersten Mal in meinem Leben. Dass es letztlich doch noch klappte, hatte ich dem Wohlwollen meines Mathematiklehrers zu verdanken. Obwohl ich zwei Sechsen geschrieben hatte, gewährte er mir noch den einen Punkt, der mich rettete. Und das, obgleich ich noch nicht mal Hausaufgaben gemacht hatte. Ich gab mir obendrein nicht mal mehr die Mühe, abzuschreiben. Aber dafür störte ich halt nie.

Tatsächlich hatte ich es dann auch gewagt, mich zu outen, als die Zeit bis zum Finale abzusehen war. Während einer Grillparty ließ ich mich spontan dazu hinreißen, nachdem ich bereits gut gebechert hatte. Und keine halbe Stunde später tat es ein anderer, der mir selbst oft einen reingewürgt hatte. Wichser! Aber ich war der erste gewesen, was ich später mehrmals klarstellte. Nun, es gab ein paar freche Kommentare, aber auch die waren nicht wirklich bösartig. Im Gegenteil. Nicht wenige bekundeten ihren Respekt und meinten natürlich, es wäre für sie schon immer klar gewesen.

Fatale Ungewissheit

Nach dem Abitur war ich total orientierungslos,
denn ich hatte zunächst überhaupt keinen Plan,
wie es beruflich weitergehen sollte. Und jetzt hatte
ich noch die deutlich sichtbaren Schnittwunden an
den Rückseiten meiner Arme. Zum Abi hatten mir
meine Eltern zwei Wochen Berlin geschenkt, was
für mich bedeutete, nach Jahren wieder etwas
Unbeschwertheit erleben zu dürfen. Dass dies
meine letzten zwei weitgehend unbeschwerten
Wochen gewesen waren, bevor eine lange dunkle
Zeit anbrach, hatte ich zu diesem Zeitpunkt noch
nicht geahnt.

An meine berufliche Zukunft verschwendete ich in
der Hauptstadt nicht einen Gedanken. Warum
auch? Angesichts der ganzen Nerven, die mich
das Erreichen meines Abiturs gekostet hat, fand
ich, mir diese Belohnung mehr als verdient zu
haben. Ich brannte darauf, mich ins Nachtleben zu
stürzen und restlos all das mitzunehmen, was
dieses zu bieten hatte. Hemmungen hatte ich
nicht wirklich, denn anders als in Köln kannte mich
hier noch kein Mensch – also brauchte ich mich
auch nicht dafür zu schämen, einen Sex - Club
nach dem anderen abzuklappern. Die Anonymität

bot mir Schutz. Es verging kein Tag, an dem ich nicht bis nachmittags ausnüchterte, bevor ich abends die nächste Location aufsuchte.

Im eher bürgerlichen Steglitz hatte ich eine ganz ordentliche Privatunterkunft gefunden. Und da dieses verständlich erklärt war, kam es auch bloß ein Mal vor, dass ich mich verfuhr. Hinsichtlich Party ging hier zwar nichts, aber das war egal. Denn dank des gut ausgebauten U - Bahn - Netzes war ich schnell da, wo es gern gesehen war, sich auszuziehen. Viele Klamotten, die zum Ausgehen taugten, hatte ich nicht dabei, aber da es direkt um der Ecke einen Waschsalon gab, brauchte ich keinen Slip zweimal anzuziehen. Überwältigt von der Unendlichkeit sündiger Attraktionen, die mir diese Stadt bot, fürchtete ich schließlich nichts mehr als den Gedanken, ich könne irgendwas versäumen. Doch auch wenn ich anfangs gedacht hatte, ich könne von Berlin nie genug haben, war ich dann auch froh, als die zwei Wochen vorüber waren. Ich war ziemlich fertig, fühlte mich schlapp, hatte ein verquollenes Gesicht und wollte nur noch meine Ruhe. Das ging schon fast soweit, dass ich Berlin verfluchte und tatsächlich hatte ich in den letzten Tagen immer intensiver gespürt, dass unsere Hauptstadt ein ganz gefährliches Pflaster ist, in dem man ganz schnell versumpfen kann, wenn man nicht aufpasst.

Wieder im tristen Alltag angelangt, waren es meine Eltern, die mich nötigten, zumindest ein Praktikum zu machen. Es war nicht so, dass ich mich sträubte, etwas anzupacken, weil ich vermeintlich faul wäre oder keinen Bock hätte. Vielmehr wusste ich überhaupt nicht, wie, wann und wohin es gehen sollte, was sinnvoll, was realistisch wäre, zumal da es nur wenig gab, was ich mir zutraute. Obendrein gab es auch nichts, für das ich mich begeistern konnte. Wie auch ? War doch schon Ewigkeiten her, dass ich mich unbeschwert gefühlt hatte.

Schließlich begann ich dann doch ein Praktikum im Bereich der Kinderkrankenpflege. Obwohl es eine wirklich schöne Tätigkeit war, an der ich Gefallen gefunden hatte, vermochte ich mich nicht voll und ganz darauf einzulassen. Eigentlich kein bisschen! Denn es gab plötzlich etwas, das mich ab da an völlig blockierte und dem ich mit totaler Hilflosigkeit gegenüberstand.

Über Nacht war mir der Gedanke gekommen, man könne mich dabei gefilmt haben, wie ich mit einem alten Mann sexuelle Handlungen vollzog. Konkret dachte ich da an den Fall, in dem ich einem Kerl nach Hause gefolgt war und ich nicht ausschließen konnte, dass dieser heimlich Videoaufzeichnungen von dem, was wir anstellten, gemacht hatte. Die Vorstellung, es könnten Bilder existieren, die zeigten, wie ich einem alten Sack einen geblasen hatte, trieb mich in den Wahnsinn. Obwohl es dafür keine konkreten Anhaltspunkte gab, kam ich mir nicht verrückt vor. Denn schließlich war es meiner Ansicht nach ein Gedanke mit realistischem Hintergrund. In den schillerndsten Farben Heiko ich mir bereits aus, wie solches Material die Runde machte und mich die halbe Welt verspottete. Mein restliches Leben würden mich diese entsetzlichen Bilder verfolgen - gänzlich außer Stande, auch nur annähernd noch einmal ein Bein auf den Boden zu bekommen. Auch wenn ich das alles für unwahrscheinlich hielt, reichte doch der leiseste Zweifel an der Nicht - Existenz solchen Videomaterials aus, um mich komplett aus der Bahn zu werfen. Das war ein bitterer Rückschlag, zumal da ich gerade dabei gewesen war, mich psychisch wieder zu berappeln und Hoffnung auf eine lebenswertere Zukunft aufgekommen war. Nach wie vor ging es mir zwar nicht gut. Doch nachdem ich mein Abi bestanden hatte, war mein Leben plötzlich ungewohnt erträglich geworden. Für mich war klar: ich würde nicht eher zur Ruhe kommen können, bis geklärt wäre, ob tatsächlich solche Aufnahmen existent wären. Zwanghaft spielte ich in immer kleiner werdenden Abständen alle potentiellen Szenarien durch, fragte mich, was der Kerl von solchen Bildern hätte, überlegte, wie das technisch umsetzbar wäre und kam letztlich doch zu keinem Ergebnis, das mich beruhigen konnte. Inzwischen waren wieder die Trancezustände da und ich fühlte mich hoffnungsloser denn je. Denn ich war total ratlos, was ich tun könnte, um Gewissheit zu erlangen. In der Lage, an etwas anderes zu denken, war ich nicht mehr und obendrein hatte ich den Eindruck, wieder einen starren Blick und eine verzerrte Mimik zu haben. Obwohl mir der Umgang mit den Kleinen im Praktikum große Freude bereitete, war mir zum Heulen zu Mute, denn ich bekam es einfach nicht hin, mich auf diese Tätigkeit zu konzentrieren, geschweige denn Erfüllung in ihr zu finden.

Die Möglichkeit, eine Kamera versteckt zu platzieren, bevor wir loslegten, hatte dieser Typ gehabt. Ich erinnerte mich daran, vorher noch bei ihm geduscht zu haben. Mir war zwar nichts Verdächtiges aufgefallen, doch das beruhigte mich nur wenig. Denn das Ding hätte so klein und so geschickt platziert sein können, dass es mir nicht aufgefallen wäre. Um die technischen Aspekte zu klären, wandte ich mich an Mitarbeiter der Elektroabteilung der hiesigen Kaufhäuser, denen ich erzählte, ich würde den Kauf einer Digitalkamera erwägen. Ich hoffte auf eine Aussage, dies sei unmöglich. Daher war ich restlos fertig, als man mir sagte, es sei durchaus möglich, dass eine Kamera etwas aufnähme, auch wenn sie nicht zeitgleich bedient würde. Bestimmt zum tausendsten Mal überlegte ich, ob der Typ vielleicht doch keine Kamera aufgestellt hatte. Klar, in erster Linie wollte er seinen Spaß, aber ich hielt es für durchaus vorstellbar, dass er sich hinterher an den gemachten Bildchen auch aufgeilen würde.

Um meine wild um sich greifenden Zweifel zumindest einzudämmen, blieb mir nichts anderes übrig, als diesen Typen aufzusuchen und auszuhorchen. Das musste ich natürlich geschickt anstellen, denn ich konnte ja nicht explizit danach fragen. Das hätte ihn nur wachgerüttelt. Es hatte länger gedauert, bis dass ich ihn wieder im Sex - Kino, das ich fortan täglich in der Hoffnung, auf ihn zu stoßen, aufgesucht hatte, antraf. Ziemlich blöd kam ich mir schon vor, als ich ihn nach etwas Smalltalk fragte, ob er nicht eine Kamera hätte, die er mir leihen könnte, um selbst ein paar

Bildchen von mir zu machen. Mein Anliegen erheiterte ihn und zu meiner Erleichterung wirkte er nicht so, als würde er mir etwas verheimlichen, als er sagte, er habe leider keine Kamera. Aber stimmte das auch? Die Zweifel blieben. Wenn er nur die Bildchen für sich machen würde, wäre das ja alles halb so schlimm. Aber was wäre, wenn er die Fotos mit seinen Bekannten tauschte? Dass er manchmal einen jungen Kerl mitnahm, war kein Geheimnis und somit traute ich es ihm durchaus zu, keine Hemmungen zu haben, solch ein Zeug zu verteilen.

Die Tatsache, es gewagt zu haben, mich meinen Eltern anzuvertrauen, offenbarte schließlich das gesamte Ausmaß meiner Verzweiflung. Ich hatte eine ungeheure Scham verspürt, doch letztlich war diese dann doch nicht so überwältigend gewesen, als dass sie mich davon abhalten konnte, meinen Eltern zu erzählen, mich prostituiert zu haben. Damit, dass sie entsetzt waren und den Kopf schüttelten, hatte ich gerechnet. Doch dass sie mich gefragt hatten, wie tief ich gesunken sei und erwähnt hatten, sie hätten dies kommen sehen, war ein Schlag ins Gesicht gewesen, der unendlich weh tat. Trotzdem meinten sie, ich müsste mir wegen meiner Vermutungen keine Sorgen machen, denn

dieser Typ würde es nicht wagen, so etwas zu
veröffentlichen.

Der Beschützer

Und dann begegnete ich ihm: dem in meinen Augen schönsten und tollsten Mann der Welt. Thomas war etliche Jahre älter, intelligent, hatte wunderschöne braune Augen, war feinfühlig und sensibel, aber dabei in keiner Hinsicht ein Langweiler. Es war ein schmuddeliger Novemberabend, als ich nach Köln fuhr, um dort ein bisschen Fun in einer Schwulen - Sauna zu suchen. Dort waren wir uns begegnet, hatten super Sex und weil ich sonst wegen ungünstiger Bahnverbindungen schon früh hätte abhauen müssen, bot er mir spontan an, mit zu ihm zu kommen. Nachdem wir eine wundervolle Kuschelnacht im Kerzenschein verbracht hatten, offenbarte er mir am nächsten Morgen, er hätte lange keinen mehr gehabt, mit dem er soviel Sinnlichkeit erlebt hätte.

Fortan war ich fast jedes Wochenende bei ihm in Koblenz, obwohl mir das Geld fehlte, jedes Mal ein Ticket zu lösen. Das hinderte mich jedoch nicht daran, trotzdem zu fahren. Denn alles, was für mich zählte, war es, bei Thomas sein zu können. Natürlich wurde ich öfter erwischt, doch das interessierte mich nur mäßig. Die inzwischen in regelmäßigen Abständen ins Haus flatternden Mahnungen von Inkassobüros ignorierte ich nämlich einfach, zumal da ich glaubte, so schnell würde schon nichts passieren.

In Thomas sah ich meinen großen Beschützer – meinen großen Beschützer, der für mich da war, mir Halt gab und auf mich aufpasste. In meiner Haltlosigkeit hoffte ich, er würde mir zeigen, wie ich in unserer Welt zurecht käme, wobei ich gar nicht bemerkte, wie ich ihm allmählich ein Ausmaß an Verantwortung aufbürdete, das er unmöglich stemmen konnte.

Ich heulte, als er mich eines Tages behutsam darauf aufmerksam machte, ich dürfe nicht vergessen, bei mir zu bleiben und es nicht gut sei, einen Menschen derart zu idealisieren. Denn ich hatte Angst, etwas falsch gemacht zu haben. Und ich heulte noch mehr, als er mich daraufhin in den Arm nahm und sagte, er sei natürlich für mich da.

Eigentlich hätte ich der glücklichste Mensch der Welt sein müssen, doch ich fühlte mich abgrundtief elend. Denn meine Gedanken hinsichtlich des etwaigen Videos ließen es nicht zu, die gemeinsame Zeit zu genießen. Obwohl ich mir größte Mühe gab, entspannt und unbeschwert zu wirken, gelang mir dies kaum. Mit Thomas konnte ich zwar über all jenes reden, was mich so belastete, wobei er sich zu meiner Erleichterung auch zu keiner Zeit genervt zeigte. Doch die Worte, die er dann sprach, beruhigten mich allenfalls für eine kurze Zeit.

Überhaupt, Thomas kennengelernt zu haben, machte alles noch viel schlimmer. Die Vorstellung, er würde mich verlassen, wenn ich nicht bald bei Verstand wäre, war unerträglich und setzte mich nur noch mehr unter Druck. Perspektiven hatte ich schon längst nicht mehr verfolgt. Denn inzwischen war ich endgültig damit beschäftigt, von Tag zu Tag zu leben. Letztlich ließ ich mich in die geschlossene Psychiatrie einweisen, denn mittlerweile war ich derart von Angst besessen, dass ich immer deutlicher suizidale Tendenzen in mir wahrnahm.

Unendlich schämte ich mich, denn mir war es furchtbar peinlich vor meinem Freund, nun hier gelandet zu sein. Gleichzeitig war es verstörend, die vielen kaputten Gestalten hier vegetieren zu sehen und zu wissen, dass den meisten ein frei bestimmtes Leben da draußen nicht mehr vergönnt wäre. Traurig, endlos traurig! Hier auf der Geschlossenen erlebte ich dann auch meinen 20. Geburtstag, der noch trostloser war als mein Achtzehnter. Damals hatte ich eine deprimierende

Bilanz über mein bereits Erreichtes gezogen, es war kaum einer da gewesen und obendrein gab es noch wie so oft ein böses Zerwürfnis mit meinen Eltern.

Immerhin besuchte meine Familie mich vormittags und schenkte mir einen selbst gebackenen Kuchen. Nachmittags kam dann noch Thomas extra aus Koblenz, um Happy Birthday zu singen und mir eine wunderschöne Blume zu schenken. Außerdem hatte ich die Erlaubnis erhalten, für zwei Stunden in seinem Beisein die Station zu verlassen, was wir nutzten, um einen langen Spaziergang durch die winterliche Stadt zu machen.

Als ich nach über einer Woche die Geschlossene verlassen konnte, meinte er stolz, er finde es toll, wie wir gemeinsam unsere erste Herausforderung bewältigt hätten. Mir dagegen war zum Heulen zumute, denn ich wusste, es war gar nichts besser geworden. Mehr und mehr und mehr beschlich mich das Gefühl, es würde etwas Schlimmes passieren, wenn ich nicht bald durch ein Wunder zur Besinnung käme. Ein letztes Mal keimte noch ein wenig Hoffnung auf, als mir mein Psychiater endlich ein Neuroleptikum verschrieb. Neuroleptika oder Antipsychotika waren Mittel zur

Behandlung von Psychosen mit Verfolgungswahn und Halluzinationen.

Schon lange hatte ich gefordert, mit solch einem Mittel behandelt zu werden, denn offensichtlich hatten meine Symptome ja paranoiden Charakter. Dennoch war ich skeptisch, was den Erfolg anbelangte, denn eine klassische Psychose glaubte ich nicht zu haben. Schließlich hatten meine Gedanken ja einen realen Kontext. War ja nicht so, mich von bösen, roten Marsmännchen verfolgt zu fühlen.

Auch dieses Medikament schlug nicht an, sodass ich beschloss, endgültig Schluss zu machen. Mit diesem Gedanken hatte ich schon die ganzen letzten Monate gespielt, doch inzwischen kreisten meine Gedanken weniger um das „Ob" als das „Wie". Ich hatte gekämpft, doch allmählich sah ich ein, verloren zu haben. Jede Sekunde zu leben, war eine Qual, denn ich vermochte auch nicht mal annähernd eine einzige davon unbeschwert zu leben.

Thomas liebte ich über alles und der Gedanke, er könne sich von mir trennen, war in meinen Augen schlimmer als der Tod. Bevor ich die knapp hundert Tabletten „Insidon" nehmen wollte, sprach ich noch ein letztes Mal mit Thomas, um ihm zu sagen, wie lieb ich ihn hatte. Es war früher Abend, als ich die Pillen mit viel Flüssigkeit hinunterspülte und mich in mein Bett legte. Vor einem eventuellen Todeskampf hatte ich eine scheiß Angst, doch ich zwang mich, liegen zu bleiben. Denn ich hätte es erbärmlich gefunden, jetzt hoch zu meinen Eltern zu rennen, um ihnen anzuvertrauen, was ich gerade getan hatte.

Tödliche Liebe

Stunden später brüllte ich dann um Hilfe - so gut ich noch konnte. Inzwischen war mir schwarz vor Augen, total schwindelig, wobei ich durch die totale Dunkelheit meines Zimmers taumelte. Die Orientierung hatte ich komplett verloren. Meine Mutter war es dann, die mich hörte, fand und umgehend den Notarzt verständigte. Mit dem Krankenwagen hatte man mich ins örtliche Krankenhaus gebracht, in dem mir der Magen ausgepumpt wurde. Hier hatte ich dann noch drei Tage gelegen, ehe man mich wieder auf die Geschlossene Station verlegte. Es war restlos beschämend!

Klasse, ich war also wieder da! Ich schämte mich, als ich Thomas Bescheid gab, wo ich mich wieder befand. Da ich mich drei Tage lang nicht gemeldet hatte, habe er mit so etwas gerechnet, gestand er mir. Bei allem Leid war ich nur froh, dass es mir gelungen war, den Selbstmordversuch zu verheimlichen. Auch meine Eltern hatte ich gebeten, nichts zu verraten.

Gar nichts war besser geworden, im Gegenteil! Nun war ich schon zum zweiten Mal hier und ratloser denn je, wie mir irgendjemand auf dieser verfickten Station helfen könne. Es gab einige Patienten, mit denen man sich nett unterhalten konnte, doch letztlich half auch das nicht, um von einer massiven Verzerrung der Tatsachen loslassen zu können. Dieses scheiß verfickte Video!

Wenn ich nur wüsste, ob es dieses gäbe! Langsam, aber sicher ahnte ich, dass ich niemals Gewissheit erlangen würde, ob dieses tatsächlich existent wäre - da konnte ich noch so viel recherchieren! Um jeden Preis musste ich aber eine hundertprozentige Klarheit erhalten. Um jeden Preis! Doch dass mir dies niemals gelänge, begriff ich von Stunde zu Stunde mehr.

Mein Betreuer nahm sich viel Zeit für mich, um mir klar zu machen, ich müsse mich mit einer 99 - prozentigen Sicherheit begnügen. Unweigerlich setzten mich seine Worte noch mehr unter Druck, zumal da ich mittlerweile wusste, dass er absolut Recht hatte. Trotzdem war mein Geist total außer Stande, sich mit diesem Sachverhalt zu arrangieren. Letztlich dämmerte mir, dass es nur noch einen Ausweg gab: Selbstmord! Und dieses Mal richtig!

Mein Unvermögen, mit einer vielleicht banalen Sache abzuschließen und einfach nach vorn zu schauen, bedeutete mein Todesurteil. Mir war absolut klar, dass nach meiner missglückten Tabletten - Aktion nun eine todsichere Methode herhalten müsste. Denn ich hätte nichts mehr gefürchtet als die Schmach eines weiteren misslungenen Versuchs bei gleichzeitig nach wie vor ungelösten Problemen.

An einen Sturz aus großer Höhe hatte ich schon länger gedacht und auch des Öfteren Hochhäuser gemustert. Tatsächlich erschien mir das als ein Weg, der am sichersten und zugleich am wenigsten schmerzhaft wäre. Patsch - kurz und schmerzlos eben. Bedenken, möglicherweise bleibende Schäden davontragen zu können, waren mir nie gekommen. Denn ich war davon überzeugt, dass ein Hochhaus immer tödlich wäre. Aus der Erkenntnis, dass aufgeschoben eben nicht aufgehoben wäre, resultierte dann auch der Impuls, es noch an diesem Nachmittag hinter mich zu bringen. Tagelang hätte ich diese grausige Beklemmung nicht ausgehalten. Wie der Tod sich anfühlte, musste ich sofort wissen und nicht erst in ein paar Tagen. Meinen Entschluss, es auch tatsächlich durchzuziehen, bekräftigte ich dadurch, dass ich mir vor Augen hielt, dass der

Tod weitaus besser wäre als dieses elende, unwürdige Siechtum.

Außerdem wäre es bestimmt nur eine Frage der Zeit, bis dass sich mein über alles geliebter Thomas tatsächlich von mir trennen würde. Davon, dass der Trennungsschmerz schlimmer wäre, als zu sterben, war ich zutiefst überzeugt. Inzwischen hatten mir die Ärzte Ausgang gewährt, denn offensichtlich glaubten sie, ich wolle mir nichts mehr antun.

Tatsächlich hatte ich die Frage nach suizidalen Gedanken auch immer wieder verneint. Falsch gedacht! Wie im Trance verließ ich die Station, marschierte durch die Straßen, um schon bald vor dem Elisabeth - Hospital zu stehen. Hier hatte mein Vater vor einigen Monaten wegen eines Bandscheibenvorfalls gelegen, daher wusste ich sehr genau, dass die Balkone frei zugänglich waren – für mein Vorhaben eben optimal.

Ich schritt zum Aufzug und drückte auf die Acht. Das müsste reichen. Zwischenzeitlich waren Zweifel gekommen, doch ich hatte diese eiskalt zurückdrängen können. Wie ferngesteuert näherte ich mich dem Besucherraum, betrat diesen und ging weiter zum Balkon. Phasenweise war ich seltsamerweise ziemlich ruhig gewesen, aber jetzt hatte ich nicht nur Angst, sondern immense Panik!

Hatte ich tatsächlich auch die richtige Entscheidung getroffen? Ich zwang mich, mich trotz aller Zweifel, Ängste und Beklemmung nicht beirren zu lassen, sondern das Ding jetzt durchzuziehen. Etwas Mut versuchte ich mir zu machen, indem ich mir ausmalte, wie ich weiter elend dahinsiechen würde – und somit musste ich unweigerlich zu dem Schluss kommen, dass dies keine lebenswerte Alternative wäre.

Gerade war ich dabei, den Grund zu mustern, als mich ein Mann, den ich bis dahin ignoriert hatte, mahnend fragte, ob ich dort runterspringen wolle. Irgendwas hatte ich gestammelt, aber ich entschied, mich davon nicht verunsichern zu lassen.

Ich war zurück zum Aufzug gegangen und drückte auf die Sieben. Das würde auch noch reichen! Auch hier gab es einen Besucherraum mit Balkon, auf den ich augenblicklich zuschritt.
Angekommen. Nur kurz schaute ich runter. Bloß nicht lange nachdenken, um zu verhindern, dass ich es mir womöglich noch anders überlegte.
Hätte ich hier noch weitere Zeit gestanden, hätte ich es bestimmt nicht durchgezogen. Meine dicke

Jacke zog ich aus - wenn schon, dann auch richtig! Dann war ich dran. Aus dem Impuls heraus schwang ich meine Beine übers Geländer und stürzte.

Zertrümmert

Zu meiner Überraschung war ich nicht tot, als ich aufschlug - und ich hatte auch überhaupt nichts dagegen! Innerlich flehte ich: bitte nicht sterben, bitte nicht sterben! Schmerzen spürte ich nicht. Vielmehr fragte ich mich, was Verrücktes ich soeben angestellt hatte. Ich glaubte, Menschen herbeieilen zu sehen und muss – so gut ich mich erinnern kann - „Ich verblute, ich verblute!" gerufen haben. Denn ich spürte, dass irgendetwas mit meinem Unterschenkel nicht in Ordnung war. Ehe ich nach vielleicht zwei Minuten das Bewusstsein verlor, konnte ich noch die Frage, ob ich absichtlich gesprungen sei, mit einem „Ja" beantworten.

Man brachte mich ins Universitätsklinikum, in dem ich mehrere Stunden notoperiert wurde. Noch Tage dauerte es, bis ich ansatzweise registriert hatte, wo ich war und was sich zugetragen hatte.

Dann allmählich wusste ich auch um die traurige Bilanz meiner Aktion: Handgelenkfraktur, Ellenbogenfraktur, Beckenbruch, Lendenwirbelfraktur und eine fette offene Unterschenkelfraktur. Ich war zertrümmert! Zwar schwebte ich nicht mehr in Lebensgefahr, doch es war unschwer zu erahnen, dass es Monate dauern würde, bis dass ich – wenn überhaupt – wieder ganz hergestellt wäre. Immerhin sah es zu diesem Zeitpunkt nicht danach aus, querschnittsgelähmt zu sein oder werden. Wie durch ein Wunder waren sowohl mein Kopf als auch die inneren Organe unversehrt.

Jeden Tag waren meine Eltern an meinem Krankenbett und ich vermisste sie bereits, wenn sie die Tür hinter sich zugezogen hatten. Das Entsetzen stand ihnen ins Gesicht geschrieben und sie beteuerten mehrmals inständig, wie sehr ihnen all die Zerwürfnisse aus der Vergangenheit Leid täten. Es waren aufrichtige Worte und ich machte ihnen keine Vorwürfe, denn ich wusste, dass sie trotz allem tolle Eltern waren und außerdem war ich froh, dass sie jetzt für mich da waren.

Thomas hatte sich nicht abgewandt, obwohl jeder andere das wahrscheinlich getan hätte. Beruflich hatte er viel Ärger, trotzdem nahm er jeden Tag die weite Bahnfahrt auf sich, um mich zu besuchen. Jedes Mal, wenn er in der Tür stand und zur Begrüßung mit seiner sinnlichen Stimme „Hallo Mäxchen" rief, war die Welt für ein paar Sekunden wieder in Ordnung.

Alles andere war unendlich furchtbar. Seelisch und jetzt auch noch körperlich war ich das reinste Wrack. Schnell war abzusehen, dass die Wiederherstellung meines rechten Unterschenkels eine immense Kraftanstrengung erfordern würde. Das Fleisch war komplett aufgefetzt und sowohl Waden - als auch Schienbein waren mehrmals gebrochen. Ganz ohne waren die restlichen Verletzungen zwar auch nicht, doch konnten sie vergleichsweise gut und ohne größere Komplikationen behandelt werden. An meiner Lendenwirbelsäule hatten die Ärzte eine Platte implantiert und ich war halt unendlich erleichtert, dass dieser Bruch keine Lähmungen zur Folge hatte. Denn das hätte natürlich anders ausgehen können!

Nachdem ich in der Unfallchirurgie zunächst notversorgt worden war, wurde ich auf die Plastische Chirurgie verlegt, wo man sich um meinen aufgerissenen Unterschenkel kümmerte. Dieser sah übel aus. Verdammt übel! Zum ersten Mal in meinem Leben sah ich Blutegel, die bei meiner Wundversorgung zum Einsatz kamen. Widerlich! Als sie nicht mehr gebraucht wurden, schmiss man sie in eine Flasche mit Alkohol, in der sie augenblicklich verreckten.

Eine OP reihte sich an die nächste, was ich nicht schlimm fand. Im Gegenteil! Besser als in seinem eigenen Dreck dahinzusiechen war diese Form der Abwechslung allemal. Nicht duschen zu können oder eine Toilette zu benutzen, war schon verdammt hart und mega deprimierend. Mitunter waren die Schmerzen kaum auszuhalten. Und wenn sie mal auszuhalten waren, klagte ich dennoch lautstark, um mit einem Opioid - Schmerzmittel für ein paar Minuten abgeschossen zu werden.

Nachdem sich meine Wunde am Unterschenkel weitgehend geschlossen hatte, landete ich erneut auf der Geschlossenen. Wahrscheinlich brauchte ich mich darüber auch gar nicht zu wundern und so nahm ich dies auch hin, ohne mich dagegen aufzulehnen. Zwar hatte ich momentan keine konkreten Selbstmordabsichten und aus dem Bett hatte ich mich auch noch nicht fallen lassen, doch es wäre wohl vergebens gewesen, mein Umfeld davon komplett überzeugen zu können. Schon sehr bald war mir klar, diese Station in einer noch schlechteren Verfassung zu verlassen, als die, in der ich sie betreten hatte. Länger als ein paar Minuten dauerte die persönliche Visite nur selten und darüber hinaus hatte ich auch nicht wirklich das Gefühl, die Ärztin würde mich verstehen.

Trotzdem hatten wir vereinbart, dass ich ein neues Medikament bekäme und tatsächlich hatte ich auch das Gefühl, dass es zumindest meine innere Hochspannung ein wenig dämpfte. Außerdem stellte sie mir in Aussicht, später auf der sogenannten Psychotherapie - Station behandelt zu werden, auf der die psychologische Betreuung intensiver sei. Dies würde sicherlich noch dauern, denn dafür müsse ich noch an Stabilität gewinnen. Wirklich viel davon versprach ich mir nicht, doch in meiner Hoffnungslosigkeit war ich für jeden Strohhalm dankbar, der sich mir bot. Außerdem hatte ich mir geschworen, alles, aber auch wirklich alles dafür zu tun, dass Thomas und ich doch noch irgendwann eine gemeinsame Zukunft hätten.

Über die Storys, die sich hier auf der Geschlossenen abspielten, hätte ich wahrscheinlich gelacht, wenn alles nicht so traurig gewesen wäre. Helfen konnte man den meisten, die hier gelandet waren, ohnehin nicht mehr, sodass man die Station als reine Verwahranstalt betrachten konnte. Dies war unendlich deprimierend, zumal fast jeder allein war und kaum jemand Besuch bekam. Anscheinend gab es doch noch Schicksale, die schlimmer waren als meines. Man konnte viel ertragen, aber wenn es keinen mehr gab, der für einen da war und an einen glaubte, hielt ich es für fast unmöglich, sich nicht aufzugeben.

Obwohl sie mir schon lange nicht mehr schmeckten, rauchte ich eine Zigarette nach der anderen. 40 Stück pro Tag waren es mindestens. Denn viel mehr konnte man auch nicht tun.

Zwischendurch konnte ich mich aufraffen, immer mal wieder ein paar Seiten in einer Biografie von Grace Kelly zu lesen, die mir mein Onkel geschenkt hatte. Ich bewunderte diese Frau immens. Warum, wusste ich selbst nicht genau. Keine Frage, für mich war ihr Glanz ohnegleichen. Ganz anders als meine totale Glanzlosigkeit. Naja, dafür lebte ich. Als sie 1982 die Gewalt über ihren Wagen verloren hatte und ungebremst in die Tiefe gestürzt war, hatte sie noch genau einen Tag zu leben. Wahrscheinlich war es auch der tragische Tod, dessentwegen mich die Kelly so faszinierte.

Einmal musste ich dann aber doch lachen, als eine mindestens 85 - jährige Oma mit Rollator in mein Zimmer geschlichen kam. Auf meine Nachfrage, was sie denn bei mir suche, meinte sie, sie müsse sich verstecken, weil sie die Zeche geprellt hätte. Wie sich später rausstellte, war die an Demenz erkrankte Dame zur

Medikamenteneinstellung auf die Geschlossene verfrachtet worden.

Nach wie vor kamen meine Eltern fast täglich, wofür ich ihnen unendlich dankbar war. Später besuchte mich Thomas zwar nicht mehr jeden Tag, doch das war okay, denn körperlich ging es mir besser und es wäre auch nicht zumutbar gewesen, wenn er jeden Tag nach seiner Arbeit extra aus Koblenz angereist wäre.

Inzwischen hatten wir warmes und sonniges Aprilwetter und Thomas schob mich öfter im Rollstuhl durch das die Klinik umgebende Parkgelände. Es war seinerseits ein süßer Versuch, mich zumindest ein wenig aufzuheitern, obwohl solche Unternehmungen meine Stimmung meist noch mehr drückten. Denn jedes Mal wurde mir aufs Neue vor Augen geführt, was für eine tolle Zeit wir hätten haben können, wenn ich nur in der Lage gewesen wäre, es zuzulassen. Das Ziel war so nah, so verdammt nah, denn es gab nichts, vor dem ich mich fürchten musste. Und doch war es für mich so unerreichbar weit weg, weil ich größtes Talent darin besaß, mich in unendliche Ängste vor Dingen hineinzusteigern, die gar nicht existent waren. Mein Leben betrachtete ich nach wie vor als ein einziges Trauerspiel, denn ich hatte mehr denn je eine Scheiß Angst, Thomas würde mich in absehbarer Zeit verlassen. Auch wenn wir diesen Aspekt nie so direkt ansprachen, dachten wir doch laut über unsere Beziehungskonstellation nach.

In einem Brief, den ich in krakeliger Schrift mit meiner linken Hand geschrieben hatte, gestand ich ihm ein, nicht zu wissen, ob ich es körperlich und psychisch schaffen werde. Doch ich versprach ihm, alles für eine gemeinsame Zukunft zu tun. Mehr als auf eine Besserung halbherzig zu vertrauen, konnte ich in diesem Moment nicht machen, weswegen ich mir hilfloser als je zuvor vorkam. Dass ich Thomas brauchte, war unübersehbar. Dabei ahnte ich, dass ich ihn vielleicht auch so liebte, weil ich ihn brauchte. Trotzdem versicherte ich ihm, dass ich ihn auch liebte, weil ich ihn eben liebte. Das waren nach meinem Empfinden aufrichtige Worte und ich glaubte, er hatte diese auch als solche aufgefasst.

Wieder ganz am Anfang

Nach sechs Wochen, die mir vorkamen, als wollten sie nie enden, konnte ich die Geschlossene verlassen, weil nun auch die Ärzte glaubten, dass ich keine suizidalen Absichten mehr verfolgte. Dank intensivem Training war ich mittlerweile wieder in der Lage, kürzere Strecken zu laufen. Dabei war ich verdammt stolz, so hart dafür gekämpft zu haben, den Rollstuhl nun verlassen zu können. Wieder auf eigenen Beinen zu stehen, war dann doch was anderes. Trotzdem wäre es noch ein mühseliger Weg hin bis zu einem normalen Gang. Und naja, toll sah der Unterschenkel nicht aus. Ziemlich verquollen und unförmig. Ich war skeptisch, ob das mit einem perfekten Gangbild nochmal was würde. Aber eins nach dem anderen. Denn für den Moment war es mehr als erfreulich, ein paar Hundert Meter selbst laufen zu können. Bevor ich auf die Therapie - Station verlegt würde, hatte ich noch einen mehrwöchigen Aufenthalt auf einer Art Zwischenstation.

Von der psychologischen Betreuung war hier nichts besser. Die Ergo - Therapeutin fand ich einfach nur abstoßend. Doch immerhin gab es eine Kaffeemaschine. Vermöge ihrer konnte man zu den 40 Zigaretten pro Tag nun auch noch zehn Tassen Kaffee trinken, was es noch angenehmer machte, sich zu bemitleiden. Wenigstens durfte man die Station verlassen, wenn keine Therapien anstanden. Oft ging ich in den Park und setzte mich in die Sonne, um mir etwas Bräune zu verpassen. Wenn ich schon so ´n Psycho war, wollte ich wenigstens optisch etwas hergeben. Wegen des Mangels an Bewegung hatte ich inzwischen auch damit aufgehört, mich mit Süßigkeiten vollzustopfen.

Auch auf dieser Station gab es jene komischen Vögel, die einen mit ihren bizarren Aktionen bestens unterhielten. Aber in Momenten, in denen ich wieder tief in meiner Melancholie versank, hätte ich diese am liebsten weggeklatscht, weil es mir nicht verständlich war, dass Leute, die dauerhaft Faxen machten, sich hier befanden.

Auch hier kamen mir die Tage so vor, als wollten sie nie vergehen, zumal da Thomas nun nicht mehr so häufig kam. Das war okay, denn mit seinem ganzen Stress und Ärger im Job wäre es nicht fair, einzufordern, mich noch weiterhin täglich zu besuchen. Daher war meine Freude grenzenlos, als man mir in Aussicht stellte, eine

Nacht zu Hause verbringen zu dürfen.
Belastungserprobung hieß dies.

Thomas, meine Eltern und ich hatten ausgemacht,
dass ich diese Nacht bei ihm in Koblenz
verbringen würde. Ich war total happy! Denn nach
Langem konnte ich wenigstens für eine Nacht der
bedrückenden Klinikatmosphäre entfliehen. Eine
wundervolle Kuschelnacht würde es werden. Mit
unendlich vielen Kerzen und noch mehr
Zärtlichkeiten.

Nur langsam hatte sich das Drama angekündigt.
Fieber, bald hohes Fieber bekam ich und ich
fühlte mich furchtbar schlapp. Doch das sollte
mich nicht daran hindern, dennoch zu fahren.
Auch mit 40 Grad wäre ich gereist!

Schließlich wollte ich zu meinem Freund – um
jeden Preis! Selbst als das Fieber angestiegen
war und Schüttelfrost mich zusätzlich überfallen
hatte, wich ich nicht von meinem Standpunkt ab.
Doch als schließlich auch noch starke Schmerzen
im Unterschenkel und Übelkeit dazugekommen
waren und die Temperatur nicht sinken wollte,
dämmerte mir allmählich, nicht im Stande zu sein,
zu fahren.

Unter Tränen rief ich Thomas an und teilte ihm bekümmert mit, dass es mit der gemeinsamen Nacht nichts würde. Mir ging es dreckig und so sträubte ich mich auch gar nicht erst gegen das Fahrverbot, das die Ärzte inzwischen ausgesprochen hatten. Hinsichtlich meiner Symptome waren sie zunächst ratlos gewesen und so brachte man mich erneut auf die plastische Chirurgie, auf der man noch einmal genauer meine Wunde am Unterschenkel untersuchte. Da die Chirurgen auch hier nichts Auffälliges feststellen konnten, beschlossen sie, erst einmal den weiteren Verlauf abzuwarten. Als sich mein Zustand zum Abend hin eher verschlimmert als verbessert hatte, entschieden die Ärzte, mit einer Nadel in das Gewebe zu stechen, um zu prüfen, ob dieses von innen vereitert wäre. Und tatsächlich, es war der Fall. Offensichtlich war dies eine Besorgnis erregende Entwicklung, denn der Arzt teilte mir mit, ich würde umgehend operiert. Eine dreiviertel Stunde später hatte ich dann auch im OP gelegen, wo man mich vielleicht zum inzwischen zwanzigsten Mal ins Reich der Träume spritze.

Als ich aufwachte, fühlte ich mich hundeelend. Ich war schlapp und es dauerte eine Weile, bis ich registriert hatte, auf der Intensivstation zu liegen.

Später erfuhr ich, dass ich eine fette Blutvergiftung gehabt hatte. Bis dahin hatte ein Metallstab meinen zertrümmerten Unterschenkel stabilisiert. An dieser Stelle war es zu einer gefährlichen Entzündung gekommen.

Den Stab hatte man entfernt, die Wunde gründlichst gesäubert und mich mit Antibiotika vollgepumpt. An meinem Unterschenkel war jetzt ein bizarr anmutendes Gestell aus Drähten, Schrauben und Stäben, die im Knochen verankert waren, montiert. Es schmerzte fürchterlich! Dieses tolle Teil durfte ich noch etliche Wochen tragen, weswegen wieder der geliebte Rollstuhl herhalten musste, von dem ich mich soeben befreit hatte.

Der Heilungsprozess hatte sich drastisch erschwert, da eine erfolgreiche Behandlung meiner Knochenmarkentzündung Voraussetzung für die Heilung meines Beines wäre. Den Stellenwert dieser Entzündung hatte ich zunächst nicht geahnt, denn ich glaubte, es sei damit getan, eine Weile ein bisschen Antibiotikum zu nehmen. Vielleicht auch deshalb war es mir gleich, wo ich mir die Keime geholt hatte – ob am Unfallort oder gar hier im Krankenhaus. Es dauerte einige Tage, bis mir bewusst wurde, dass die Sache mit der Entzündung sämtliche Fortschritte meiner körperlichen Gesundung zunichte gemacht hatte und noch gar nicht abzusehen wäre, wie lange es dauern würde, wieder körperlich fit zu werden. Ich stand wieder ziemlich am Anfang da, was mich unendlich deprimierte. Denn ich wusste bestens, welche Kraft und Ausdauer es erfordert hatte, überhaupt bis hierhin gekommen zu sein.

Er ist weg

Als Thomas nach zwei Wochen aus dem Urlaub zurückgekehrt war, fühlte ich sofort, dass etwas nicht stimmte. Er freute sich zwar, mich wiederzusehen, doch da war irgendetwas, was diese Freude trübte – ganz so, als wolle er mir etwas sagen, das ihm nicht leicht fiel. Vor seinem Urlaub hatte er vorgeschlagen, bloß eine SMS pro Tag zu senden. Schon allein das war Grund genug zu glauben, dass er beabsichtigte, damit beginnen zu wollen, sich behutsam von mir zu distanzieren. Manch einer hätte gedacht, er wolle einfach etwas Zeit für sich. Aber auch dieses Mal täuschte mein Gefühl mich nicht.

Thomas fuhr mich im Rollstuhl nach draußen, denn an diesem lauen Sommerabend wollten wir unsere gemeinsame Zeit nicht drinnen verbringen. Mehrmals hatte ich ihn eindringlich aufgefordert, er solle mir endlich erzählen, was los sei, ehe er mit der Sprache rauskam. Ich hatte es geahnt. Er wollte die Beziehung beenden. Schon länger hätte er diesen Gedanken gehabt und im Urlaub, in dem er genug Zeit und Abstand gehabt hatte, hätte sich sein Entschluss gefestigt.

Kurz nachdem ich erfasst hatte, was er da ausgesprochen hatte, brach ich in Tränen aus. Ich hatte meinen über alles geliebten Kuschelbären verloren, ich war wieder allein! Thomas nahm mich tröstend in den Arm. Er versicherte mir, er sei auch weiterhin für mich da. Stolz sei er auf mich und er hätte mich sehr lieb. Natürlich hatte er das, daran zweifelte ich auch nicht. Aber er hätte mich eben nur noch lieb und nicht mehr. Ich hatte immer den Anspruch, etwas ganz Besonderes für ihn zu sein und auf einmal war ich auf die Ebene eines Freundes abgestiegen. Auch Heiko hatte er lieb. Und Michael, Jan, Karsten, Oliver und wie sie alle hießen. Mir reichte das nicht und der Gedanke, fortan nur noch einer von vielen zu sein, war unerträglich. Damit jemals klarzukommen, konnte ich mir beim besten Willen nicht vorstellen. Meinen Kopf vergrub ich in Thomas´ Schoß so tief es nur ging, um einfach nur noch drauf loszuheulen. Ja, es wäre nicht übertrieben, zu sagen, ich fühlte mich dreckiger als an jenem Tag, an dem ich gesprungen war. Ich hatte versagt und ich hasste mich dafür. Bitterste Vorwürfe machte ich mir, denn es war mir nicht gelungen, diesen tollen Mann an mich zu binden. Dabei konnte ich ihn so gut verstehen, das war ja das Traurige. Gar nicht tief in mich musste ich gehen, um festzustellen, mit mir auch nicht zusammen sein zu wollen. Was hatte ich denn meinem Partner außer Sorgen, Kummer und Enttäuschungen zu bieten?

Meinen Mitpatienten blieb nicht verborgen, vollkommen aufgelöst zu sein. Kurz und knapp erzählte ich, was vorgefallen war, bedankte mich kurz und knapp für ihre Angebote, mich trösten zu wollen und verschwand in meinem Zimmer, denn ich wollte einfach nur allein sein und heulen. Es war warm, der Himmel blau und die Sonne schien immer noch, was alles nichts weiter als gnadenloser Hohn im Kontext meines Gemütszustandes war. Noch Stunden hatte ich wach gelegen, ehe ich einschlief. Als ich am nächsten Morgen schon früh aufwachte, fühlte ich mich mehr tot als lebendig und alles, was ich an Empfindungen wahrnahm, war unendliche Leere. Am Therapieprogramm nahm ich nur widerwillig teil, weil ich mit meinen Gedanken ganz woanders war und überhaupt keine Motivation mehr empfand, noch weiter an mir zu arbeiten. Wozu auch? Ich hatte und hätte auch weiterhin wirklich alles gegeben, um mir mit Thomas eine gemeinsame, bessere Zukunft zu ermöglichen. Dazu bestand nun kein Anlass mehr.

Nachdem - wie so oft - Komplikationen an meinem Fixateur aufgetreten waren, wurde ich zwischenzeitlich erneut auf der Chirurgie behandelt. Ich fühlte mich Scheiße elend, Thomas hatte mich verlassen, meine Zweifel am Sinn der Therapie auf dieser fragwürdigen Therapie - Station, in die ich anfangs so große Erwartungen gesetzt hatte, wuchsen täglich und nun auch noch der Ärger mit dem Bein.

Das war endgültig zu viel! Daher hatte ich auch überhaupt kein schlechtes Gewissen, als ich der Nachtschwester im Vorbeifahren aus dem Impuls heraus Medikamente abzockte, die sie auf einem Rollwägelchen deponiert hatte. Wieso auch? Angesichts meiner Lage war das doch legitim! Mit dem Beruhigungsmittel „Tavor" hatte ich auch tatsächlich einen Glücksgriff gemacht und in freudiger Erwartung, nach den vielen Frustrationen zumindest für ein paar Stunden in einen Zustand voller Leichtigkeit abdriften zu können, schmiss ich mir, nachdem die Nachtschwester mir eine gute Nacht gewünscht hatte, auch direkt mal zehn Stück ein.

Als ich knapp zwanzig Stunden später erwachte, dauerte es noch eine Weile, ehe ich in der Lage war, zu erfassen, was passiert gewesen war. Ich hatte wohl zu viel eingenommen, als dass es hätte unbemerkt bleiben können. Inzwischen befand ich mich wieder auf der Psychotherapie – Station, auf der mich noch am gleichen Abend mein behandelnder Arzt aufsuchte, um mit mir über das Vorgefallene zu sprechen. Zu meiner Erleichterung flog ich nicht raus, sodass ich mich dann auch mit dem einwöchigen Ausgehverbot halbwegs arrangieren konnte.

Die Wochen vergingen, ohne dass ich den Eindruck hatte, große Fortschritte gemacht zu haben. Nur einmal pro Woche waren Einzelgespräche vorgesehen. Lausig wenig war das! Das gemeinsame Kochen war ganz nett und der ein oder andere Aspekt, der im Skills – Training aufgegriffen wurde, vielleicht auch hilfreich. Ansonsten gammelte man vor sich hin, wobei sich mehr und mehr das Gefühl breit machte, zu stagnieren. Der Einzige, der so dachte, war ich nicht!

Der Heilungsprozess meines Unterschenkels machte keine Fortschritte, da die Chirurgen meiner Knochenmarkentzündung machtlos gegenüberstanden. Meine Eltern und ich hatten daher um ein ausführliches Gespräch mit den Oberärzten gebeten, um zu beraten, wie es konkret weitergehen sollte. Uns wurde offenbart, die Amputation meines rechten Unterschenkels zu planen. Also doch! Meine Mutter und mich traf diese Aussage wie ein Schlag. Sie stand kurz davor, zu weinen. Einzig mein Vater reagierte gefasster, der aber ohnehin fast immer rational dachte. Natürlich wollten wir nicht kampflos aufgeben, indem wir jetzt schon einwilligten. Natürlich wollten wir eine zweite Meinung. Einen Unterschenkel amputierte man schließlich nicht mal so einfach!

Könnte ich überhaupt mit Prothese in die Schwulen - Sauna gehen? Eigentlich war dies meine größte Sorge. Absolut ließ mir diese Frage keine Ruhe, weswegen ich umgehend die Telefonnummer heraussuchte, um mich dort zu erkundigen, ob dies möglich sei. Zu meiner Erleichterung teilte man mir mit, dies sei überhaupt kein Problem, ich müsse halt nur Acht geben wegen der Treppe.

Das Bedürfnis, ihm weh tun zu wollen

Mit dieser neuen Erkenntnis endete dann auch mein Aufenthalt auf der Therapiestation. Von Therapie hatte ich restlos genug – oder viel mehr von dem, was hier angeboten wurde. Denn ich fühlte, dass ich nicht mehr in der Lage war, noch groß etwas aufzunehmen und nach sieben Monaten im Krankenhaus wollte ich einfach nur wieder zu Hause sein. Psychisch war ich immer noch ziemlich angeschlagen, auch wenn ich den Eindruck hatte, zumindest ein wenig Stabilität gewonnen zu haben.

Es war ein seltsam fremdes Gefühl, wieder in vertrauter Umgebung zu sein, doch dies war weitaus angenehmer, als noch einen Tag länger der bedrückenden Klinikatmosphäre ausgesetzt zu sein. Die Tage waren furchtbar lang und nicht minder eintönig und meine einzige Freude bestand darin, jede Stunde eine Zigarette zu rauchen. Im Erdgeschoss hatten meine Eltern extra ein Bett zurechtgemacht, damit ich keine Treppen steigen musste. In mein altes Zimmer hätte ich ohnehin nicht zurück gewollt, denn mit Beklemmung hatte ich festgestellt, dass die Erinnerung an die Nacht, in der ich die hundert

Tabletten geschluckt hatte, noch präsenter war als ich dachte.

Da ich sexuell total ausgehungert war, entschied ich, ein Profil in einem Schwulen - Portal anzulegen. In Anlehnung an vergangene glanzvolle Zeiten wählte ich den Namen „cruiser1986", was soviel wie Rumstreuner hieß und mein Wesen authentisch zum Ausdruck brachte. Fortan verbrachte ich mehrere Stunden im Chat, denn ich hoffte, ich fände einen Typen, mit dem ich mich auf ein Abenteuer einlassen könnte. Die Suche gestaltete sich alles andere als einfach, denn der potentielle Typ musste gleich mehrere Bedingungen erfüllen. Zum einen musste er mobil sein, um mich abzuholen. Zum anderen musste er eine eigene Wohnung haben, denn es war vollkommen unmöglich, ihn ins Haus zu bitten. Letztlich durfte es ihn nicht stören, dass ich mit Krücken lief. Die Behinderung war sicher die größte Hürde.

Schließlich hatte ich nach beharrlicher Suche dann doch sechs Typen gefunden, die mich auch vor meiner Haustür abholten. Vor meinen Eltern war mir das mega unangenehm, doch da ich meinen Spaß wollte, musste ich da durch. Mit dem ersten, einem zwei Jahre älteren Studenten, ging es in den Wald, mit dem zweiten für eine Nacht zu ihm nach Hause, mit dem dritten und einem weiteren ins Hotel. Auch der vierte nahm mich nach Hause, den fünften wiederum wies ich ab, da er ganz anders als im Profil aussah und mit dem sechsten kam nichts zustande, da ich mit meinen Krücken wie ein Pflegefall anmutete, wie er feststellte, nachdem wir die Hosen runtergelassen hatten. Idiot! Ich war ziemlich geknickt, doch Thomas meinte, als ich später mit ihm darüber sprach, ich solle darauf nichts geben!

Mein bester Sex war es bestimmt nicht, den ich erlebte, denn ich war angesichts meiner Behinderung etwas gehemmt; dennoch war ich froh, etwas Abwechslung zu haben.

Keine Sekunde verging, in der ich nicht mit meinen Gedanken bei Thomas war und ich ahnte, es würde noch Monate, wenn nicht gar Jahre brauchen, bis ich allenfalls halbwegs über ihn hinweg wäre.

Ungefähr jeden zweiten Tag erlaubten mir meine Eltern, eine Flasche Bier zu trinken, was aber auch nicht wirklich dazu taugte, meine Stimmung aufzuhellen. Dazu war es zu wenig und meine Eltern waren nicht bereit, mehr als eine Pulle rauszurücken. Als sie im Garten waren, schlich ich ins Zimmer meiner Oma, die an starker

Osteoporose litt, um nach „Tilidin" zu suchen. Aber ich fand nichts! Fuck! Nicht mal „Oxazepam" war da!

Viel Alkohol hatten meine Eltern nicht im Haus, da sie selbst wenig tranken und die paar Flaschen, die da waren, waren im Schrank eingeschlossen. Lange hatte ich gezögert, ehe ich mich dazu hinreißen ließ, diesen Schrank dann eben gewaltsam zu öffnen. Ein bisschen schämte ich mich, doch nachdem ich mir die Frage nach der Legitimität meiner Handlung wieder mit „Ja" beantwortet hatte, brach ich den Schrank auf, um sogleich einen ordentlichen Schluck aus der fast vollen Wodka - Flasche zu nehmen.

Es war ein wohliges Gefühl, das sich alsbald einstellte. Und wegen des Ärgers musste ich mir auch noch keine Gedanken machen, denn weil meine Eltern den Schrank kaum nutzten und die Spuren des Aufbruchs nicht deutlich sichtbar waren, gäbe es den auch erst in ein paar Tagen.

Auch wenn ich die Trennung nicht im Ansatz überwunden hatte, war ich froh, von Thomas alle paar Wochen besucht zu werden. Er hatte mir eine Auszeit angeboten, doch der Gedanke, ihn vorerst gar nicht mehr zu sehen, war für mich nicht zu ertragen. Jedes Mal freute ich mich schon viele Tage vorher und es war immer etwas unheimlich Schönes, wenn ich ihn zur Begrüßung in den Arm nehmen durfte und er mich kurz auf den Mund küsste.

Dennoch hatte es nie lange gedauert, bis mich das Gefühl endloser Wehmut überkommen war, woraufhin ich auch keinerlei Anstrengungen unternahm, dies zu verbergen. Nachdem wir gemeinsam gegessen hatten, unternahmen wir mit meinem Rollstuhl immer noch einen kleinen Ausflug ins Grüne. Doch obwohl ich mich glücklich schätzen konnte, diesen tollen Mann weiterhin als einen Freund zu haben, der immer noch für mich da war, vermochte ich dies nicht wertzuschätzen. Natürlich war es schön, dass er da war, sehr schön sogar! Doch in zwei Stunden wäre er wieder weg, würde sich mit seinen tollen Freunden treffen und vielleicht schon bald dem Mann begegnen, der ihn glücklich machen würde. Davor hatte ich eine Scheiß Angst! Ihn hasste ich dafür und ich hasste mich dafür, dass ich derjenige nicht war. Allmählich verspürte ich ein tiefes Bedürfnis, ihm weh tun zu wollen.

Das einzige, was mich da etwas aufbaute, war die inzwischen neu aufgeflammte Hoffnung, mein Unterschenkel könne doch gerettet werden. Mit sämtlichen Befunden waren meine Eltern in einer weiter entfernten Unfallklinik vorstellig geworden, in der die Ärzte einen erneuten Anlauf unternahmen, mein Bein vor der Amputation zu bewahren. Man hatte ein Stück meines infizierten Knochens entfernt und ich musste erneut monatelang einen Fixateur tragen. Zwischenzeitlich waren immer mal wieder kleinere Korrektureingriffe nötig infolge derer ich dann meist auch immer ein oder zwei Wochen in der Klinik bleiben musste. Aber es gab Schlimmeres. Zuhause war das Rumhängen weitaus öder als dort. Außerdem war die Klinik modern und die Zimmer groß und freundlich.

Dank meines Rollstuhls war ich mobil, was ich gleich nutzte, um mich im nächsten Supermarkt mit ein paar alkoholischen Getränken einzudecken. Und da Raucher ja bekanntlich sehr kontaktfreudig waren, dauerte es auch nicht lange, bis dass ich Mitpatienten traf, mit denen ich mich über das ein oder andere austauschen konnte. Die meisten saßen im Rollstuhl und nicht wenige von ihnen waren querschnittsgelähmt. Da fühlte ich zum ersten Mal, was für ein immenses Glück ich gehabt hatte, nicht selbst dieses traurige Schicksal teilen zu müssen. Sicherlich, meine Behandlung war langwierig und ich war stark eingeschränkt, doch ich hatte wenigstens die

Perspektive, irgendwann wieder durch die Gegend springen zu können und unabhängig von fremder Hilfe zu sein. Mich beeindruckte es, wie taff die meisten Betroffenen mit ihrer Querschnittslähmung umgingen, die sie teilweise nicht einmal selbst verschuldet hatten, und trotz aller Widrigkeiten und Entbehrungen ihren Lebensmut nicht verloren hatten. Verbittert wirkte kaum einer. Doch ich fürchtete, manche würden erst noch, nachdem sie entlassen und allein in ihre Wohnung zurückgekehrt wären, abseits des Kliniktrubels in ein großes Loch fallen, von dem sie bislang noch keine Ahnung hatten.

Würdeloses Zerwürfnis

Es war das zweite Mal, dass Thomas mich eingeladen hatte, das Wochenende bei ihm zu verbringen. Wie schon beim ersten Mal waren wir abends zusammen im Bett gelandet und ich ließ die Sau raushängen, denn er sollte ruhig wissen, was er an mir gehabt hätte, wenn ich noch sein Freund wäre. Nachdem wir unsere Session beendet hatten, kuschelten wir noch ein bisschen, ehe er dann mein Zimmer verließ, um in seinem eigenen Bett zu schlafen.

Das tat weh, denn wieder mal wurde mir schmerzlich bewusst, dass er nicht mehr mein Partner war, neben dem ich morgens aufwachen würde. Mehrfach hatte er mich gefragt, ob ich damit klar käme, worauf ich ihm eindringlich versicherte, mir nicht missbraucht vorzukommen. Beschwingt war ich nicht, doch es hätte trotzdem ein schönes Wochenende werden können, wenn Thomas nicht am Sonntagmorgen eher beiläufig erwähnt hätte, verliebt zu sein. Meine Mimik erstarrte augenblicklich und mir war, als gefriere das Blut in den Adern. Als wäre die Trennung allein nicht schon schlimm genug, wurde ich jetzt auch noch mit der bitterbösen Tatsache konfrontiert, dass es einen neuen Mann in seinem Leben gab, der nunmehr eine zentrale Rolle spielen würde. Es war wie ein saftiger Tritt mitten ins Gesicht, denn wieder einmal war mir klar, wie sehr ich als Partner versagt hatte.

Sofort rief ich meinen Vater an und bat ihn, mich schnellstmöglich abzuholen. Ich wollte nur noch fort und Thomas nie, nie, nie wieder sehen - auch wenn ich beim besten Willen nicht wusste, wie ich das durchstehen sollte. Denn er war immer noch die Person, an der ich am meisten hing. Nein, auch ein dreiviertel Jahr nach unserer Trennung war nichts besser geworden und meine einzige Hoffnung, Frieden mit dieser Tragödie zu finden, lag darin begründet, ihn komplett aus meinem Leben zu streichen. Einige Stunden später war mein Vater da und ich lud unendlich bekümmert mein Sachen ins Auto. Bevor sich die Tür schloss, hatte Thomas noch mit scheinbar unbeeindruckter Mimik im Türrahmen gestanden und mich gefragt, ob ich alles dabei hätte. Ein kurzes „Tschüss" vermochte ich noch zu stammeln, ehe ich in Tränen ausbrach.

Es war ein hässliches Auseinandergehen und ich ahnte, dieses Mal zu weit gegangen zu sein, als dass es möglich gewesen wäre, so einfach über den Vorfall hinwegzusehen. Hatte ich gerade alles kaputt gemacht? Nachdem wir abgefahren waren, machte ich mir Vorwürfe, ihn so vor den Kopf gestoßen zu haben. Hatte er kein Recht darauf, sich neu zu verlieben? War es selbstverständlich, dass er sich auch, nachdem wir uns getrennt hatten, so sehr um mich kümmerte? Natürlich konnte ich mir all diese Fragen selbst beantworten. Doch die Sache mit seinem neuen Lover hatte es mir unmöglich gemacht, mich zu beherrschen. Tagelang heute ich und in meiner Angst, er würde dieses Mal tatsächlich den Kontakt abbrechen, schrieb ich Thomas eine Vielzahl an SMS, die alle unbeantwortet blieben. Später dann erhielt ich eine E - Mail: Ich wäre ihm nie gleichgültig gewesen, wäre ihm nicht gleichgültig und würde ihm auch nie gleichgültig werden. Ich glaubte, diesen Satz tausendmal gelesen zu haben, denn er berührte mich immens.

So, wie es gelaufen war, konnte es nicht weitergehen! Das war auch mir klar. Daher schlug er eine ein - oder mehrjährige Auszeit vor, damit ich Chance hätte, mich von ihm zu lösen. Dann, wenn ich so weit wäre, dass er nicht mehr der Mittelpunkt meines Lebens wäre, könnten wir uns wiedersehen. Alles Gute wünschte er mir und bat mich, auf mich aufzupassen. Ja, er hatte Recht. Diese Auszeit brauchten wir, wenn wir die

Hoffnung nicht gefährden wollten, vielleicht irgendwann doch einmal so etwas wie Freunde zu werden. Doch würde er sich an sein Angebot halten? Schrieb er dies vielleicht alles nur, um mich loszuwerden?

Ich war zutiefst verunsichert. Hätte er mich endgültig loswerden wollen und keinen Kontakt mehr gewollt, dann hätte er es ja explizit sagen können. Dennoch zweifelte ich und in meiner Erregtheit gab ich sofort meinem Impuls nach, ihn anzurufen. Er war nicht beim ersten Mal rangegangen. Doch dann, als ich mit ihm sprach, wünschte ich, ich hätte mich nicht gemeldet. Er wirkte bestimmt, distanziert und ausgesprochen nüchtern, was mich erschrak. Aber angesichts des Vorgefallenen sollte mich dies wahrscheinlich nicht wirklich wundern. Mehrmals versicherte er mir, er werde sich an jedes Wort halten, bat mich, mir ausreichend Zeit zu geben und wünschte mir weiterhin alles Gute. Zu gern hätte ich noch stundenlang mit ihm gesprochen, gefragt, ob er mich lieb hätte. Doch er verbarg nicht, zu beabsichtigen, das Gespräch kurz zu halten. Nach unserem Telefonat blieben die Zweifel und das Gefühl, nichts anderes tun zu können, als seinen Worten Glauben zu schenken. Doch ich wollte mich zwingen, mich an unsere Abmachung zu halten. Denn andernfalls hätte ich ihn endgültig verloren. Soviel stand fest! Gleichwohl war das Gefühl der Ohnmacht unerträglich.

Zurück ins Leben

Es war längere Zeit zwischen meinen Eltern und mir gut gegangen. Doch dann eskalierte die Situation binnen weniger Minuten derart massiv, dass meine Eltern meinen Betreuer kontaktierten und ihn baten, umgehend einzuschreiten.

Diesem gelang es, meine Eltern kurzweilig zu besänftigen. Dafür musste er ihnen zusichern, dass drastische Veränderungen herbeigeführt würden. Was soviel hieß, dass ich ausm Haus sollte. Mein Betreuer bat dann seinen Kollegen vom Betreuten Wohnen eindringlich, sich meines Falles anzunehmen. Es wäre eine vertrackte Situation.

Herr Lörken war ein wirklich solider Typ, über den man nichts Schlechtes sagen konnte. Er hörte sich zwar gern reden, aber wenigstens hatte das, wovon er sprach, Substanz. Ich hatte noch sehr lange gezögert, ehe ich mich vor meinen Eltern und meinem Betreuer dazu bekannte, mithilfe des Betreuten Wohnens eine eigene Wohnung beziehen zu wollen. Gemeinsam würden wir Ziele vereinbaren, bei deren Verfolgung mir das BeWo zur Seite stünde.

Wie das funktionieren sollte, konnte ich mir zwar nicht vorstellen. Zu überwältigend waren die Vorstellungen, was alles schief gehen könnte. Außerdem schämte ich mich! Aber der Status quo konnte so nicht bestehen bleiben. Für uns alle war die Situation äußerst zermürbend.

Fünf Wochen später war ich dann doch Herr meiner eigenen Wände. In zentraler Lage hatte ich eine für mich perfekt zugeschnittene 30 qm – Wohnung gefunden, die auch noch bezahlbar war.

Die Hälfte meines verfügbaren Geldes ließ ich in Krimskrams – Läden, in die ich jeden zweiten Tag rannte, um meine Wohnung noch weiter zu verunstalten. Einen Billig - Rokoko – Spiegel in Silber hier, pinke Kerzen da und blutrote Plastikblumen dort. Dazu noch dunkelviolette und fliederfarbene Wandflächen und gelblich - weiße Engel in allen Variationen. Naja, der Spiegel war gar nicht so übel und ich war ja auch erst 22. Da durfte man das noch.

So wild und schrecklich war dies alles doch nicht, wie ich es mir ausgemalt hatte. Im Gegenteil! Ich war happy, nun die Chance zu haben, Freiheit auszuleben und den Stillstand in meinem Leben zumindest in einem Punkt überwunden zu haben. Da noch kein Internetanschluss bestand, rannte ich mehrmals am Tag ins Internet – Cafe` , um mir im Schwulen – Chat was klarzumachen. Den Rollstuhl ließ ich dann jedes Mal im Wandschrank verschwinden, weil ich keinen Zweiten brauchte, der mir sagte, ich mutete wie ein Pflegefall an. Bei den Dates hatte man sich nicht viel zu sagen. Fragte, ob es passe. Kam zur Sache. Rauchte ggf. noch eine und sagte, man schreibe sich. Mitunter auch in der Hoffnung, er ließe es bleiben.

Mit meiner Vergangenheit war ich noch sehr beschäftigt. Wahrscheinlich zu sehr. Denn der Frage, was und wie viel und wem ich was von mir preisgeben konnte, maß ich noch immens viel Raum bei. In unverbindlichen Kontakten fühlte ich mich wohler, auch wenn ich manche Beziehung lieber intensiviert hätte. Wenn ich auf meine Verletzungen angesprochen wurde, erzählte ich die Story von einem schweren Autounfall. Aber immerhin war es mir gelungen, ein paar Leute kennenzulernen, mit denen ich was anfangen konnte.

Nachdem ich meinen Fixateur ablegen konnte, trug ich eine Schiene, die es ermöglichte, endlich wieder nach Köln zu fahren, um sich dort rumzutreiben. Schon bevor ich den ersten Fickschuppen betrat, war ich jedes Mal heillos betrunken gewesen. Dann alles abgesahnt, was halbwegs passabel aussah. Jeden Typen feierte ich mit einem neuen Drink, der mich nur noch hemmungsloser werden ließ. Mit totaler Erschöpfung strandete ich dann meist gegen sieben Uhr morgens wieder in Krefeld. Mitunter kam es vor, keinen Plan zu haben, was zuletzt passiert war. Kein wirklich schönes Gefühl, zumal da ich überaus talentiert darin war, mir Katastrophales vorzustellen.

Bein ab

Das war zu viel! Hatte ich nicht genug gelitten und gekämpft? Wenn es nicht sein sollte, dann sollte es auch nicht sein. Nachdem ich schmerzlich feststellen musste, dass auch dieser dritte langwierige Versuch, meinen Unterschenkel zu retten, gescheitert war, war ich fest entschlossen, die äußerste Konsequenz zu ziehen: die Amputation. Ich hatte keine Hoffnung mehr. Dafür umso mehr Abneigung gegenüber meinem Unterschenkel, den ich zunehmend als abstoßend empfand.

Vielmehr spürte ich, dass es das einzig Richtige war, wenn ich mich endlich dazu entschied, mich von diesem zu trennen. Denn keiner - und vor allem ich mir selbst - konnte mir vorhalten, man oder ich hätte nicht ausreichend dafür gekämpft, das Bein zu erhalten. Aber offensichtlich war es so, dass man nicht in der Lage war, die Infektion des Knochens in den Griff zu kriegen. Dabei machte ich den Ärzten in keiner Hinsicht einen Vorwurf. Das Einzige, was mich ärgerte, war, dass jeder dieser es vermied, es so offen und deutlich auszusprechen.

Es hatte länger gedauert, meine Betreuer von meiner Entscheidung zu überzeugen. Dabei hatten wir das Für und das Wider etliche Male beleuchtet. Aber als sie erkannten, wie entschlossen ich war und dass ich mit den Folgen klarkäme, hatte ich sie auf meiner Seite.

Natürlich konnte ich nicht wissen, wie ich mich fühlte, wenn das Bein ab wäre. Denn es war ja noch dran! Doch innerlich spürte ich sehr intensiv, dass es mir weitaus besser ginge, wenn ich mit Prothese wieder fast normal laufen könnte. Oder vielleicht sogar normal laufen.

Außerdem hatte ich zunehmend weniger Lust, auf die Hilfe anderer Leute angewiesen zu sein! Und das Laufen mit den Krücken kotze mich einfach nur noch an. Ich wollte wieder rumrennen, ich wollte frei sein und ich wollte wieder nach Köln fahren - all jene Sachen, die schon so unendlich lange her waren und die ich so furchtbar vermisste. Daher konnte es mir mit der Umsetzung meiner Absicht auch gar nicht schnell genug gehen.

Es überraschte mich nicht, dass die Chirurgen lieber erneut einen Rettungsversuch unternommen hätten. Aber für diese medizinische Geisterfahrt stünde ich ja nicht mehr zur

Verfügung. Und so mussten sie letztlich meine Entscheidung akzeptieren.

Nachdem wir mit der Klinik alles terminlich geregelt hatten, brachte mich meine Mutter ein paar Wochen später erneut dort hin. Ich war froh, sie noch ein paar Stunden in meiner Gegenwart zu haben. Und ich war erleichtert, dass der Verlust meines Unterschenkels für sie an Tragik verloren hatte. Dennoch sah ich, dass sie bekümmert war. Es machte mich traurig! Ich versuchte sie aufzubauen, indem ich ihr mehrfach versicherte, es ginge mir letztlich besser damit.

Selbst Stunden vor der Operation zweifelte ich nicht an der Richtigkeit meines Entschlusses. Die Operation betrachtete ich als Abenteuer. War ja schließlich nicht alltäglich, das halbe Bein abgesägt zu bekommen. Und ich war stolz auf mich, der ganzen Scheiße so souverän gegenüberzustehen. Alles andere wäre eine Verzögerung der Amputation gewesen, die mich nur noch weiter frustriert hätte. Und jammern wollte ich auch nicht, denn letztlich hatte ich mir dies alles selbst zuzuschreiben.

Am Morgen der Operation erwachte ich schon früh. Und sofort verspürte ich ein Gefühl prickelnder Anspannung. Es war verboten, aber ich trank trotzdem ein großes Glas Wasser. Die Warnungen, es könne etwas passieren, hielt ich für hysterischen Quatsch. Gierig wartete ich auf die Vorab - Medikation, die mich in einen wohligen Dämmerzustand versetzte. „Midazolam", ein Benzodiazepin, das es in sich hatte.

Der Star der Klinik

Ich hatte sehr lange mit mir gerungen. Doch nach mehr als einem Jahr hatte ich dem Impuls, mich wieder bei Thomas zu melden, nachgegeben. In einer längeren SMS hatte ich ihm mitgeteilt, dass ich ausgezogen und mein Unterschenkel amputiert war. Natürlich hatte ich gehofft, wir würden uns treffen. Daher war ich massiv erschüttert, als ich diesen distanzierten, ziemlich nüchternen Unterton aus seiner SMS vernahm. Er freute sich über die Entwicklungen, bedauerte den gescheiterten Rettungsversuch meines Unterschenkels, erzählte, er hätte einen netten Mann kennengelernt und wünschte mir weiterhin alles Gute. Punkt. Nicht einmal die hässliche Sache mit der Amputation bewog ihn dazu, sich mit mir treffen zu wollen. Das war wirklich hart!

Bei den Worten "netten Mann" flossen Tränen und mir war, als gefriere das Blut in meinen Adern bei der Vorstellung, er wolle mir unterschwellig zu verstehen geben, es sei besser, sich nie wieder zu sehen. Aber er hatte es mir doch damals versprochen! Ein Typ, der log, war Thomas nicht, und doch war ich zutiefst verunsichert. Und so gab ich meinem Drang, ihn telefonisch zu kontaktieren, augenblicklich nach. Natürlich ging nur sein Anrufbeantworter dran und so heulte ich, wie Leid es mir täte, damals so hässlich zu ihm gewesen zu sein, ja dass ich ihn nicht mehr als Partner zurück wolle, ich es aber unendlich traurig fände, ihn als einen Freund zu verlieren. Ich würde warten, noch ein Jahr, auch mehrere, aber er solle mir noch einmal felsenfest versichern, dass wir uns eines Tages wiedersähen.

Die Intensität meiner Gefühle zeigte ihm, dass ich noch lange nicht über ihn hinweg war. Er wisse nicht, was die Zukunft brächte. Voller Verlustängste heulte ich noch weitere Male auf seinen Anrufbeantworter, ehe ich mich endlich zwang, damit aufzuhören. Denn ich wollte nicht noch mehr meiner schwachen Selbstachtung einbüßen, als dass ohnehin schon der Fall war. Außerdem wollte ich mich nicht des letzten Funkens Hoffnung auf ein Wiedersehen berauben, indem ich ihn weiter belästigte. Und so blieb ich am Boden zerstört mit einem unerträglichen Gefühlswirrwarr aus Ohnmacht, Hass und unendlicher Niedergeschlagenheit zurück. Mit aller Kraft versuchte ich, diese hässliche Tatsache beiseite zu schieben, was sich aber als fast unmöglich herausstellte.

Bei der Reha dagegen hatte ich mehr Glück. Einen schmucken, beschaulichen Kurort hatte die Krankenkasse mir zugewiesen. Dort in der Gegend mit den vielen Weinhängen, der sanft hügeligen Landschaft und den süßen Ortschaften fühlte ich mich wohl. Eigentlich war ich der totale Großstadt - Mensch, doch hier hatte ich die Möglichkeit, abseits des Trubels etwas abzuschalten. Und das brauchte ich jetzt mehr denn je!

Angesichts der Tatsache, dass man mir ein Zimmer in der ersten Etage eines Beton - Klotzes mit 13 Geschossen zugewiesen hatte, musste ich grinsen. Denn hätte ich mir tatsächlich etwas antun wollen, hätte ich einfach an einem Zimmer auf der 13 geklopft, die Oma beiseite geworfen und wäre rausgesprungen.

Meine anfängliche Besorgnis, keinen Anschluss zu Leuten in einem Alter abseits der 70 zu finden, wurde bald zerstreut, als ich eines Abends auf die Raucherclique stieß. Infolge ausufernder Rauchverbote war es ja fast unmöglich, nicht in Kontakt zu treten. Da ich ein aufgeschlossener Typ war, der viel zu erzählen hatte und offensichtlich sympathisch rüberkam, wurde ich herzlich in den Kreis aufgenommen. Gemeinsam hatten wir verdammt viel Spaß! Wenn wir nicht den neuesten Klinik - Tratsch austauschten oder über bescheuerte Mitpatienten herzogen, mokierten wir uns über das nicht wirklich tolle Essen, unfreundliche Therapeuten, sonstige Missstände oder blödelten einfach nur rum. Nachdem ich einige mit der Zeit besser kennengelernt und ich festgestellt hatte, dass manche tieferes Interesse an mir zeigten, war es mir ein Verlangen, etwas davon preiszugeben, was mit mir tatsächlich passiert war und mich wirklich bewegte.

Es war eine schöne Erfahrung und ich war dankbar für eine wirklich aufrichtige Anteilnahme, die mich sehr berührte und mich gleichzeitig daran erinnerte, nicht der einzige zu sein, dem es schlecht ging und es einem oder auch mir gut stünde, sich nicht ausschließlich von morgens bis abends mitleidig mit sich selbst zu beschäftigen. Es machte mich traurig, zu hören, dass manche mit ihrem Schicksal mehr oder weniger auf sich allein gestellt und ziemlich einsam waren. Und umso mehr beeindruckte es mich deshalb, dass sie sich dennoch nicht unterkriegen ließen, weil sie gelernt hatten, sich mit kleinen Dingen begnügen zu müssen und dies dann auch konnten. Da fühlte ich, mich glücklich schätzen zu können, noch meine Eltern, meine Betreuer und meine Freunde an meiner Seite zu wissen.

Schon bald unternahmen meine Therapeuten mit mir und meiner vorläufigen Prothese erste Gehversuche. Es war ein ganz einfaches, recht überdimensioniertes Modell, das noch in der Unfall - Klinik angefertigt worden war und dazu dienen sollte, das Laufen zu erlernen. Später, wenn alles vollständig abgeschwollen wäre, erhielte ich meine endgültige Laufprothese, die qualitativ um ein Vielfaches höherwertiger wäre. Meine ersten Versuche waren mühselig, teilweise auch schmerzhaft, doch ich hatte mir bereits zu Beginn der Therapie das Ziel gesetzt, nach sechs Wochen halbwegs ordentlich laufen zu können. Und da bekanntlich von nichts nichts kommt, setzte ich auch alles daran, dieses Ziel zu erreichen. Denn ich wollte meinen zweifelnden Eltern unbedingt demonstrieren, dass ich mit Prothese bestens zurechtkäme.

Mit Natalie war mir eine Therapeutin zugeteilt worden, mit der es zwischenmenschlich sofort stimmig war. Ziemlich frech war sie, wobei mir diese Art richtig gut gefiel. Sie freute sich sichtlich über meine Fortschritte und daher strengte ich mich besonders an. Auch von vielen anderen Mitpatienten erhielt ich ein anerkennendes

Feedback, das mich anspornte, mit noch mehr Eifer zu trainieren. Lust hatte auch ich nicht immer, doch meine Vernunft sagte mir, ich wäre bescheuert, wenn ich die Angebote nicht nutzen würde. Schließlich wollte ich bald mein Comeback in Köln feiern!

Wahnsinnig gern wäre ich schwimmen gegangen, jedoch war dies nicht möglich, da am Stumpf immer noch eine kleine Stelle offen war. Ich war deswegen etwas deprimiert, denn mittlerweile waren mehr als zwei Jahre vergangen, in denen ich nicht mehr im Wasser war. Und ich fragte mich deshalb schon, ob ich überhaupt noch wisse, wie Schwimmen funktioniert. Als ich nach vier Wochen in der Lage war, ein paar hundert Meter zu gehen, war ich zufrieden mit mir. Das Gangbild war zwar noch alles andere als sauber, mitunter auch etwas wackelig. Dennoch war ich zuversichtlich, dieses schon bald optimieren zu können.

Sechs Wochen waren eine lange Zeit und der Gedanke, während meines Aufenthalts womöglich ganz auf Sex verzichten zu müssen, passte mir so gar nicht. Zum Glück gab es einen Computer, der für die Patienten zugänglich war und den ich sofort nutzte, um über mein Profil im Schwulen - Chat zu recherchieren, ob es in diesem beschaulichen Ort Schwule gäbe, die halbwegs passabel aussähen und einem Abenteuer mit einem Behinderten offen gegenüber stünden. Zu meiner Freude war auch tatsächlich ein Treffen zustande gekommen, das sich letztlich aber als Enttäuschung herausgestellte. Denn der Typ sah weder wirklich toll aus, noch machte es Spaß, abends in der Dämmerung durch den Park zu irren, um letztlich hinter einer schäbigen Kiosk - Bude in fünf Minuten sein Ding durchzuziehen. Also saß ich weiterhin am unverschämt teuren Rechner, um ein besseres Date klarzumachen.

Bei Rainer, den ich ein paar Tage später traf, sah die Sache schon gänzlich anders aus. Er war deutlich älter und auch wenn er nicht mein Traumtyp war, fand ich ihn vom Äußeren her doch ansprechend. Nachdem er mich mit seinem Wagen abgeholt hatte, fuhr er mit mir zu einem idyllischen Ufer des Flusses, seiner Lieblingsstelle, wie er mir verriet. Jeder hatte noch von sich selbst gesprochen, ehe wir uns küssten und dann zu ihm fuhren, wo wir wirklich guten Sex hatten. Anfangs hatte mich noch ein Schamgefühl hinsichtlich meiner Behinderung gehemmt, mich ganz fallen zu lassen. Daher war ich auch ganz froh, deutlich jünger zu sein als er, da ich diesen Umstand als eine Art Ausgleich betrachtete.

Rainer war voll in Ordnung, das erkannte ich ziemlich bald. Er war ehrlich, in jeder Hinsicht auf dem Boden geblieben und sehr natürlich, was mir besonders gefiel. Sexuell kam ich nicht nur voll auf meine Kosten, vielmehr hatte ich einen Mann kennengelernt, der scheinbar wirklich an mir interessiert war und in dessen Gegenwart ich mich sehr wohl fühlte.

Fortan sahen wir uns fast täglich. Ich fand es echt lieb von ihm, dass er mich stets von der Klinik abholte und sogar wieder zurück brachte. Wir machten viele schöne Unternehmungen, während derer ich so manches Mal ein wundervolles Gefühl von Unbeschwertheit erlebte, welches mir in den letzten Jahr mehr und mehr abhanden gekommen war. Da Rainer sehr naturverbunden war, hatte er große Freude daran, mir die Schönheiten des Tals zu zeigen. Unheimlich süß fand ich dies, obwohl es mir so manches Mal widerstrebte, denn ich hasste es, dreckig zu werden. Während er der totale Natur - Mensch war, war ich der absolute Großstadt - Typ, der lieber in eine Bar ging, als dass er sich ans Flussufer hockte, um dort zu grillen. Ein paar Male hatte ich bei Rainer übernachtet, auch wenn ich nicht genau wusste, ob dies von Seiten der Klinik erlaubt war. Aber da ohnehin kaum kontrolliert wurde, war es wahrscheinlich nicht einmal aufgefallen, dass ich so manche Nacht nicht in meinem Bett lag.

Abends machten wir Pizza, tranken Wein und schauten Horrorfilme. Ich war einfach nur restlos happy. Rainer gab sich wirklich große Mühe, mir eine schöne Zeit zu machen. Dass er in mich verliebt war und er gern mit mir zusammen sein wolle, gestand er mir dann irgendwann. Aber ich konnte seine Gefühle nicht erwidern, was mir in dem Kontext unangenehm war. Denn natürlich wollte ich ihn nicht verletzten. Schließlich hatte ich ihn wirklich gern. Aber Thomas nahm immer noch viel zu viel Raum ein, als dass es mir möglich gewesen wäre, mich auf einen neuen Mann einzulassen. Und genau das sagte ich auch Rainer.

Zwangsläufig kam der Tag, an dem es hieß, Abschied zu nehmen. Und obwohl ich nicht in Rainer verliebt war, fiel es mir nicht leicht, ihn zurückzulassen. Schließlich hatten wir uns aneinander gewöhnt und außerdem war er derjenige, dem ich es zu einem großen Teil zu verdanken hatte, solch eine angenehme Zeit gehabt zu haben. An unserem letzten Abend lud Rainer mich zum Pizza - Essen ein, woraufhin ich mich mit einem Spaghetti - Eis revanchierte. Ehe er mich zurück zur Klinik brachte, war er mit seinem Wagen hoch auf einen Berg gefahren, von dessen Gipfel man das Tal mit seinem Heimatort bestens überblicken konnte. Ein letztes Mal nahmen wir uns hier fest in den Arm. Dabei drückte ich ihm einen Plüsch - Leoparden in die Hand, der auf ihn aufpassen und ihn immer an mich erinnern sollte.

Alles in allem war ich zufrieden mit mir, nur manchmal stieg in mir Wehmut auf, denn ich hätte mir gewünscht, Thomas hätte meine Fortschritte sehen können. Blöder Arsch!

Uni – nur Chaos!

Körperlich war ich wieder weitgehend hergestellt und somit wurde ich unweigerlich mit der Frage konfrontiert, wie es mit mir beruflich weitergehen würde. Besonders mein Vater war der Auffassung, ich käme seelisch nur auf die Beine, wenn ich berufliche Erfolge hätte. Da ich es schon immer spannend fand, politische Entwicklungen zu verfolgen, bewarb ich mich an der Hochschule für die Studienfächer Politische Wissenschaft und Kommunikationswissenschaft. Obwohl ich kein tolles Abi hatte, klappte es mit beiden Fächern, denn die inzwischen verstrichene Zeit wurde in Form von Wartesemestern berücksichtigt.

Während mein Umfeld hoffte, nun ginge es endlich wieder aufwärts mit mir, war ich skeptisch. Ich hatte mehrmals versucht, mich umzubringen, gerade eben erst hatte man mir das Bein abgeschnitten und jetzt schickte man mich an die Hochschule. Innerlich sträubte ich mich dagegen, trotzdem ließ ich mich drauf ein, denn ich wollte mir und meinem Umfeld beweisen, dass ich was zustande brächte. Natürlich hoffte ich, es wäre machbar und nicht ganz so schlimm, wie ich es mir vorstellte. Einige Wochen vorher hatte ich das

Schwulenreferat aufgesucht in der Hoffnung, ein paar Kontakte zu schließen, die mir den Einstieg erleichtern würden. Aber ich stellte bald fest, dass man nicht wirklich warm miteinander wurde, weswegen ich auch immer seltener und später gar nicht mehr zu den Treffen gegangen war. Denn was hätte es gebracht, blöd in heiterer Runde dabei zu sitzen und mich nicht integriert zu fühlen?! Das war alles nicht weiter tragisch, auch wenn ich es schön gefunden hätte, ein paar schwule Bekanntschaften an der Uni zu haben.

Ziemlich bald nachdem das Studium begonnen hatte, fühlte ich mich mit Problemen konfrontiert, die ich hab` kommen sehen: Oft war mir überhaupt nicht klar, was wie angerechnet würde, welche Nachweise erbracht werden müssen, um für dieses und jenes zugelassen zu werden. Überhaupt fand ich das elitäre Gehabe mancher Dozenten mehr affig als imponierend. Sozial war ich gehemmt, denn ich maß der Frage, wie viel ich von mir preisgeben dürfte, wahrscheinlich immer noch zu viel Raum bei. Außerdem verunsicherte mich das selbstbewusste Auftreten meiner Mitstudenten derart, dass ich ganz allmählich fürchtete, wie damals an meiner alten Schule zum Opfer von Gespött und Hänseleien zu werden. Ich war daher jedes Mal erleichtert, wenn ich den

Hörsaal verließ, ohne vorher aus den hintersten Reihen mit Papierkügelchen beworfen worden zu sein - auch wenn es dafür vorher keine konkreten Anzeichen gegeben hatte, dass dies hätte passieren können.

Mit mittelmäßigen Noten hatte ich meine Prüfungen zwar noch im ersten Anlauf bestanden, doch letztlich hatte ich mich von all dem ganzen Mist derart beirren lassen, dass ich es nicht mehr hinbekam, eine Hausarbeit zu schreiben. Denn ich war viel zu unruhig, als dass ich in der Lage war, mich hinzusetzen, um zehn Bücher zu lesen. Ich spürte, dass ich wieder zunehmend in kürzeren Intervallen dachte, bis ich schließlich wieder von Tag zu Tag lebte, was ich sofort als ein Merkmal einer sich anbahnenden Krise ausmachte. Die übelst unangenehmen Trancezustände waren wieder da und als ich etwas im Copy - Shop kopieren wollte, stand ich derart neben mir, dass ich nicht in der Lage war, das Gerät zu bedienen, obwohl groß und breit eine Bedienungsanleitung an dem Kopierer prangte. Ein anderes Mal verspürte ich den Impuls, der Kassiererin beim Bezahlen in die Kasse zu greifen. Spätestens da war mir klar, dass ich restlos überfordert war und so wurden meine Pläne, das Studium abzubrechen, immer konkreter. Und da ich ohnehin nur noch bis zum nächsten Tag dachte und an einen Abschluss meines Studiums nicht mehr zu denken war, hatte ich mich auch wieder öfter in Köln aufgehalten, um mich dort rumzutreiben.

Ein Wartesemester hatte ich als wenig sinnvoll erachtet, da ich nicht wusste, wie alles mit dem anzurechnenden Semester und Bafög zu regeln gewesen wäre. Daher entschied ich mich, einen sauberen Schnitt zu machen, indem ich mich exmatrikulierte. So hatte ich die Klarheit, die ich brauchte. Mein familiäres Umfeld machte mir zwar keine Vorwürfe, doch ich spürte, dass ich es enttäuscht hatte. Ich schämte mich, so glanzvoll gescheitert zu sein und doch konnte ich mir verzeihen.

Schließlich war ich wieder soweit eingebrochen, dass ich plante, mich umzubringen. Tagelang hatte ich Selbstmordforen durchgestöbert, mich über vermeintlich sichere und gleichzeitig schmerzfreie Methoden schlau gemacht, ehe ich mich für eine entschied: Nikotin. Zuvor hatte ich es mehrmals mehr oder weniger halbherzig mit einer Plastiktüte versucht, in die ich vor dem Überstülpen Deo gesprüht hatte. Laut der Meinungen einiger Typen aus den Selbstmordforen könne man nämlich so

ohnmächtig werden, ehe man erstickt. Einmal
hatte ich es auch mit Alkohol und zusätzlich noch
mit einem Schnürriemen probiert, mit dem ich den
Plastikbeutel um meinen Hals abdichtete.
Wahrscheinlich hätte das auch alles geklappt,
wenn mich die Angst vor bleibenden
Gehirnschäden nicht dazu bewogen hätte, nach
einer Minute abzubrechen. Denn den Gedanken,
dass womöglich doch noch etwas Sauerstoff in die
Tüte bei meinem Todeskampf strömen könnte und
ich infolge dessen nicht sterben, sondern mein
Gehirn stundenlang unterversorgt mit Sauerstoff
wäre, hielt ich für einfach nur entsetzlich.

Aber ab da an setzte ich auf Nikotin. Ich hatte mir
mehrere Hundert Gramm Tabak besorgt, diesen
ausgekocht, den braunen Sud eingedampft und
mir eine Spritze am Hauptbahnhof beschafft.
Vielleicht hätte ich mir das Zeug auch gespritzt,
wenn es nicht an dem banalen Umstand
gescheitert wäre, nicht zu wissen, wie und wo ich
die Spritze zu setzen hatte. Ich war nur froh, dass
es mir gelungen war, mit dieser Aktion die
Nachbarn nicht aufzuschrecken. Denn das
Auskochen des Tabaks hatte einen üblen Gestank
verursacht, der sich in meiner gesamten Wohnung
ausgebreitet hatte. Es dauerte noch Wochen, bis
ich mich von diesem Schrecken wieder halbwegs

erholt hatte, denn ich war sicher gewesen, die Suizidalität endgültig überwunden zu haben. Meinem Umfeld erzählte ich nichts von dem, was ich getrieben hatte. Denn ich hatte wenig Lust, wieder auf der Geschlossenen zu landen, auf welcher einem ohnehin nicht geholfen wurde. Außerdem war ich zu stolz, als dass ich im Stande gewesen wäre, diese Demütigung zu ertragen.

Lena hatte ich während des Studiums kennengelernt und schon ziemlich bald lieb gewonnen. Beim Verlassen des Hörsaals hatte sie mir von hinten auf die Schulter geklopft und gemeint, mein Regenbogenrucksack sei ganz toll und viel schöner als ihrer. Da hatte ich gegrinst, denn die meisten Studentinnen nahm ich als überheblich wahr. Außerdem freute ich mich, dass mein schwarz - bunter Rucksack, den ich über alles liebte, scheinbar auch bei anderen so gut ankam.

Lena war ein paar Jahre jünger als ich, überaus intelligent, selbstbewusst, aber nur denen gegenüber arrogant, die sie nicht mochte. Sie war das schönste Mädchen unseres Studiengangs und zusammen mit ihrem unkonventionellen und aufgeschlossenem Wesen jemand, dem die Sympathien nur so zuflogen. Auf Lena konnte ich mich hundertprozentig verlassen und sie war fast immer da, wenn man Hilfe brauchte. Vertrauen hatte ich schnell zu ihr gefunden. Dennoch hatte ich auch bei ihr längere Zeit gezögert, von meiner Vergangenheit und meinen Problemen zu erzählen. Denn noch immer verspürte ich immense Angst davor, man könne mich demontieren, wenn ich zu viel von den schauerlichen Dingen preisgäbe, die mir widerfahren waren. Die Geschichte mit meinen erneuten Selbstmordabsichten verschwieg ich allerdings auch ihr. Denn ich wollte nicht, dass sie dachte, es ginge mir nur darum, Aufmerksamkeit zu erzielen. Ich wusste nämlich nicht, ob sie trotz ihrer großen emotionalen Intelligenz meinen Leidensdruck in seiner Dimension erfassen konnte.

Während wir etwas trinken gegangen waren, hatte ich ihr von meinem Entschluss erzählt, mich exmatrikulieren zu wollen. Dabei fiel es mir schwer, mit der Sprache rauszurücken, denn ich wusste, sie würde traurig sein. Lena hatte dann auch tatsächlich noch stundenlang versucht, mich umzustimmen und so tat es mir fast weh, standhaft zu bleiben.

Meine Betreuer, meine Familie und ich nicht minder waren erst einmal ratlos, wie es konkret weiter gehen sollte. Erneut eine psychiatrische

Klinik zu besuchen, hielten wir alle für angebracht. Vielleicht täten sich da neue Perspektiven auf, die wir momentan nicht sahen. In eine hiesige Klinik wollte ich allerdings nur gehen, wenn ich noch labiler würde, als dass ich ohnehin schon war. Für suizidal hielt ich mich da nicht mehr. Irgendwie hatte ich es geschafft, mich da rauszuboxen. Ich traute es mir sogar zu, die zwei oder drei Monate durchzuhalten, bis dass ich in einer geeigneten Klinik aufgenommen werden könnte.

Die nächsten Wochen verbrachte ich also damit, mich über potentielle Kliniken zu informieren, erkundigte mich nach den Modalitäten der einzelnen Therapien und füllte diverse Aufnahmeunterlagen zu meiner Krankengeschichte aus. Angesichts der Komplexität meiner Krankengeschichte nahm dies einige Zeit in Anspruch. Dabei gab ich mir alle Mühe, die Angaben so konkret wie möglich zu machen. Denn sicherlich hätte man mir nicht viel helfen können, wenn ich einfach geschrieben hätte, mir ginge es nicht gut.

Ich war erleichtert, als ich von meiner ausgewählten Klinik die Zusage erhielt, aufgenommen werden zu können. Letztlich wurde dann doch nichts draus, denn meine Krankenkasse wies mir eine Vertragsklinik zu, mit der sie kooperierte. Das war doof, weil mein ganzen Bemühen umsonst war. Aber da ich meine Krankenkasse bislang vielleicht schon Millionen gekostet hatte, war dies dann doch zu verzeihen.

Auftrieb im Schwarzwald

Insgeheim hatte ich mir gewünscht, mit einem Schwulen aufs Zimmer zu kommen, um gemeinsam heimlich rumzupimmeln. Doch dem war nicht so, denn Marc war hetero durch und durch. Enttäuscht war ich nicht, denn ich konnte mir nicht vorstellen, es mit jemand anderem besser getroffen zu haben. Marc war grundsolide, ein echter Kumpel - Typ und es war schnell klar, dass wir es miteinander konnten. Auch mit vielen anderen Mitpatienten war ich schnell in Kontakt getreten, auch wenn ich ihnen gegenüber bei Weitem nicht das Vertrauen hatte, das ich Marc entgegenbrachte.

Obwohl die Therapien viel Freizeit übrig ließen, wurde mir nur selten langweilig. Denn ich fand fast immer einen, mit dem ich loszog, um etwas zu unternehmen. Landschaftlich war der Schwarzwald auch weitaus reizvoller als das öde Rheinland mit seinen flachen Äckern. Obwohl es schon September war, hatte die Sonne noch genug Kraft, einem etwas Bräune zu schenken. Angenehm wohltuend war es, durch den Wald zu streifen und den geheimnisvollen Geruch des Herbstes wahrzunehmen. Dabei gab es eine

Vielzahl an Beeren, Moosen, Farnen und Pilzen, die einen mit ihrer Schönheit beeindruckten, sofern man denn einen Sinn dafür hatte.

Natürlich gab es auch die Außenseiter, über die man sich lustig machte und ich würde lügen, wenn ich leugnete, nicht auch mitgemacht zu haben. Doch ich wollte es auch nicht übertreiben, denn ich hätte es nicht fair gefunden, ihnen die Therapie kaputtzumachen, in die sie vielleicht große Hoffnungen setzten.

Während wir mit einer kleinen Gruppe einen Ausflug in die Stadt machten, hatte ich mich spontan an der Augenbraue piercen lassen. Ich war total happy, mich dazu endlich durchgerungen zu haben, denn dies war schon seit Jahren mein Wunsch gewesen. Mindestens jeden zweiten Tag ging ich schwimmen, denn nachdem ich es zu Hause vor ein paar Wochen nach Jahren das erste Mal wieder getan hatte, konnte ich anfangs gar nicht genug davon bekommen. Damals hatte ich noch große Hemmungen gehabt, mich nackt mit amputiertem Unterschenkel zu zeigen. Daher hatte ich einen guten Freund gebeten, diesen Schritt mit mir gemeinsam zu wagen. In vollen Zügen hatte ich es dann auch genossen, endlich wieder zu planschen - und zu meiner Überraschung hatte ich festgestellt, dass man auch mit eineinhalb Beinen immer noch ganz gut schwimmen konnte. Nachdem ich mich richtig ausgepowert hatte, war ich mit einem äußerst angenehmen Körpergefühl nach Hause gegangen und hatte wunderbar schlafen können. Nach langer Zeit war es wieder ein Erfolgserlebnis gewesen, das mich mit ein wenig Stolz erfüllte. Gleichzeit machte sich Wehmut in mir breit. Denn ich hätte mir nichts mehr gewünscht, als dass Thomas meine Fortschritte hätte sehen können.

Einzelgespräche waren in der Klinik zweimal pro Woche vorgesehen, was mich überraschte, denn während meiner bisherigen Klinikaufenthalte konnte man sich glücklich schätzen, wenn man einmal die Woche die Möglichkeit hatte, einen Therapeuten zu Gesicht zu bekommen. Mir war eine junge Therapeutin zugewiesen worden, bei der ich das Gefühl hatte, mit ihr etwas anfangen zu können. Zunächst genoss ich es, groß und breit meine Lebensgeschichte zu erzählen, worauf sie schon bald unbeeindruckt entgegnete, es fiele ihr schwer, mit mir in Kontakt zu treten. Dies imponierte mir, denn offensichtlich ließ sie sich nicht von meinen dramatischen Schilderungen blenden. Wahrscheinlich war dies auch das Beste, denn nur so hatte ich die Möglichkeit, überhaupt etwas aus der Therapie mitzunehmen.

Ich gestand ihr, das Phänomen richtig gedeutet zu haben und überhaupt nicht zu wissen, wie es sich anfühlte, authentisch zu sein. Tatsächlich war es mir bislang nicht gelungen, ein stabiles Identitätsgefühl zu entwickeln, denn ich fragte mich täglich, wer ich sei, was und wohin ich überhaupt wolle. Ich hatte nicht damit gerechnet, dass dieser Aspekt soviel Raum während der Therapie einnähme. Doch ich war bereit, mich auf diesen einzulassen.

Spontan und mit übergroßem Eifer hatte ich dann auch entschieden, zwei Bewerbungen zu schreiben, wobei mich eine nette Dame des Sozialdienstes unterstützte. Perfekt waren sie vielleicht nicht, dennoch war ich mit meiner Arbeit zufrieden. Ich glaubte nicht wirklich, zu einem Gespräch eingeladen zu werden, doch es war ein gutes Gefühl, zumindest den Anfang gemacht zu haben. Mittlerweile war ich sicher, dass eine betriebliche Ausbildung das einzig Richtige für mich sei. Denn dort hätte ich einen Überblick, meine Vorgaben, Anleitung, würde die Berufsschule besuchen und überhaupt gäbe es jene festen Strukturen, die ich an der Uni so vermisst hatte und von denen ich überzeugt war, ohne diese nicht klarzukommen.

Gegen Ende der Therapie hatte ich die Möglichkeit, für ein Wochenende beurlaubt zu werden. Obwohl dies jeweils zehn Stunden Zugfahrt bedeutet hatte, zögerte ich kein bisschen. Denn ich hatte nicht vor, mir einen Abend in Köln entgehen zu lassen und auch wenn es verboten war, Alkohol zu trinken, killte ich schon während der Zugfahrt das erste Bier und fieberte einer spaßig – spannenden Nacht entgegen.

Freudig, aber vor allem extremst erleichtert machte ich die Feststellung, dass meine Behinderung die Mehrzahl der Typen sexuell nicht abschreckte. Natürlich lag mir nichts ferner als all das zu vermeiden, was meine sexuelle Attraktivität noch weiter mindern könnte. Anders als früher rasierte ich mich mittlerweile am ganzen Körper, mein kleiner Bauch war weitgehend verschwunden und außerdem trank ich am Abend, bevor ich in die Sauna ging, keinen Alkohol, um frisch auszusehen. Natürlich gab es auch jene, bei denen ich trotz dieser ergriffenen Maßnahmen keinen Erfolg hatte. Aber ich konnte mich in der Tat nicht darüber beklagen, keinen hübschen Kerl mehr abzukriegen. Vielleicht lag es auch daran, wegen meines Alters noch punkten zu können und die zehn bis zwanzig Jahre Älteren daher über meine Behinderung hinwegsahen.

Jenen, die kein Interesse an mir hatten, verübelte ich es nicht wirklich, denn hier in der Schwulen - Sauna ging es einzig und allein um Fun – und beim Fun ging es einzig und allein um körperliche Attraktivität und nichts weiter! Den Vorwurf der Oberflächlichkeit der schwulen Szene konnte ich hier nicht gelten lassen. Außerdem wusste ich selbst nicht, wie ich als Außenstehender mit der Behinderung eines Sexualpartners umgegangen wäre. Nicht gerade selten kam es vor, dass man mir wegen meines anscheinend sehr souveränen Umgangs mit meiner Behinderung Respekt zollte, was mir durchaus schmeichelte und mich darin bestärkte, weiterhin so selbstbewusst damit umzugehen.

Selbst Schuld!

Als wäre ich nicht schon genug bedient, offenbarte mir mein Arzt auch noch, ich wäre HIV positiv. Das war ein saftiger Schlag! Doch er kam nicht wirklich überraschend. Vor ein paar Wochen hatte ich hohes Fieber, abartigen Schüttelfrost und meine Lymphknoten waren so dick angeschwollen, dass ich dachte, sie stünden kurz vorm Platzen. Dabei war ich einer, der so gut wie nie krank wurde.

Tja, doch was sollte ich jetzt rumjammern? Das wäre wirklich erbärmlich. Die Sache hatte ich schließlich einzig und allein mir selbst zuzuschreiben. Wie man sich HIV einfängt, lernte inzwischen jeder Grundschüler. Es darauf angelegt zu haben, mich anzustecken, hatte ich nicht. Wobei ich tatsächlich von solch kranken Gestalten gehört hatte, die darauf aus waren. Aber ich wusste natürlich genau, dass es vielleicht ein Dutzend Situationen gegeben hatte, die nicht safe abgelaufen waren.

Ziemlich geknickt war ich, doch ich wusste, dass ich es angesichts der immensen Lebensqualität, die ich mittlerweile gewonnen hatte, es nicht zuließe, von dieser Scheiße aus der Bahn geworfen zu werden. Weiterhin würde ich ein ganz normales Leben führen, wahrscheinlich genauso alt werden wie alle Negativen. Natürlich war es fortan unabdingbar, konsequent Safer Sex zu praktizieren. Würde ich fahrlässig jemanden infizieren, würde das als schwere Körperverletzung ausgelegt werden, die mich finanziell ruinieren könnte.

Während der medizinische Sachverhalt mich vergleichsweise wenig belastete, beunruhigte mich der Soziale weitaus mehr. Sollte ich preisgeben, positiv zu sein, bevor ich mit jemandem rummachte? Auf etwaige Vorhaltungen im Nachhinein hatte ich wenig Bock. Andererseits war zu befürchten, dass, wenn es einer wüsste, ganz Krefeld davon Kenntnis hätte. Krefeld war ein Kaff, in dem die Schwulen sich mehr oder weniger alle kannten.

Dennoch entschied ich mich dazu, mit offenen Karten zu spielen, auch wenn ich dies nicht musste. Zwangsläufig kam es zu Zurückweisungen, aber damit konnte ich leben, auch wenn es in dem Moment blöd war, nicht rumpimmeln zu können. Zu probieren, mein Gegenüber davon zu überzeugen, dass alles ungefährlich sei, solange wir alles safe machten, hatte ich dann auch unterlassen. Denn wenn einer schon so emotional von Ängsten blockiert war, hatte es wenig Sinn, ihn vom Gegenteil zu überzeugen. Und auf verkrampften Sex hatte ich wenig Bock. Am besten Blasen noch mit Gummi. Ging ja mal gar nicht!

Irgendwann wurde es mir zu blöd, von jedem zweiten abgewiesen zu werden, weswegen ich meinen HIV – Doc bat, mit der medikamentösen Therapie zu beginnen. Bislang waren meine Werte alle bestens. Daher war es medizinisch noch nicht notwendig gewesen. Doch wenn die Viren erst einmal unter der Nachweisgrenze wären, bestünde auch kein Anlass mehr, sich zu offenbaren. Denn wo nichts war, bestand auch kein Infektionsrisiko.

Nach langem Zögern hatte ich mich meinen Eltern offenbart, auch wenn ich nicht wusste, was ich davon haben sollte. Mein Vater schaute äußerst ernst, bei meiner Mutter flossen Tränen. Ihrerseits gab es dann natürlich auch noch massive Vorhaltungen. Diese hätte sie sich allerdings echt schenken können! Mehr als ihnen zu versichern, dass ich bestens damit klarkäme und dabei war, einen souveränen Umgang damit zu finden, konnte ich nicht tun. Aber ich glaubte, es wäre besser gewesen, es zu verschweigen.

Malte

Ohne Ausbildungsplatz stand ich noch immer da und weil die Bewerbungsfristen für eine Lehrstelle im kommenden Jahr größtenteils verstrichen waren, wandte ich mich ans Arbeitsamt. Ich hoffte, mein dortiger Sachbearbeiter wüsste Rat, wie ich weiter vorgehen solle. Anders als früher spürte ich inzwischen immer deutlicher, dass es an der Zeit wäre, mich ernsthaft um mein berufliches Fortkommen zu kümmern.

Man bot mir an, ich könne an einer Maßnahme teilnehmen. Diese richteten sich in erster Linie an Jugendliche, die aus den verschiedensten Gründen schwer zu vermitteln waren und darauf abzielten, diesen eine Perspektive aufzuzeigen. Zwar hatte ich weder die Schule abgebrochen, schon drei Kinder in die Welt gesetzt, noch war ich drogenabhängig und obdachlos, doch ich verbot mir jeglichen Hochmut. Denn schließlich war ich beruflich auch nicht viel weitergekommen. Daher bemühte ich mich auch, es nicht ganz so sichtbar raushängen zu lassen, intellektuell völlig unterfordert zu sein.

Alles war ziemlich locker und es genügte, regelmäßig zu kommen, um keine Sanktionen seitens des Arbeitsamtes erfahren zu müssen. Auch der Tatsache, dass endlich wieder etwas Rhythmus in mein Gammel - Dasein eingekehrt war, konnte ich viel Positives abgewinnen. Ob nun lausige PC - Schulungen, Mathematikunterricht, in dem es darum ging, Umfang und Fläche eines Rechtecks zu berechnen oder das gemeinsame Kochen – all das war nicht wirklich das, was mich beruflich weiterbrachte.

Aber für den Moment war ich froh, nicht den ganzen Tag blöd in meiner Wohnung rumhängen zu müssen. Dass ich an solch einer Maßnahme teilnahm, verschwieg ich allerdings meinen Bekannten, weil es mir unangenehm war. Ich genoss die Basis - Stabilität, die ich mittlerweile erlangt hatte und war enorm motiviert, diese weiter auszubauen. Denn ich hatte bemerkt, dass sich das Leben fernab von Chaos und Eskapaden deutlich angenehmer leben ließ. Im Großen und Ganzen war ich mit meinen Verhältnissen für den Augenblick zufrieden, auch wenn ich einen Mann vermisste, der meine innere Leere zu füllen vermochte.

Um so größer war daher die Freude, als ich Malte kennenlernte. Im Chat hatten wir uns ohne langes

Hin und Her spontan in der Stadt zum Eisessen verabredet. Es war ein sonniger, warmer Frühsommerabend und obwohl ich nach etlichen Dates kaum noch aufgeregt gewesen war, war ich doch ziemlich erleichtert, als ich Malte erblickte. Denn auf den Fotos, die er mir geschickt hatte, konnte man ihn nur unscharf erkennen. Malte hatte eine unheimlich männliche, ja fast harte Ausstrahlung und sah in Realität weit besser aus als auf den Fotos.

Während wir unser Eis aßen, führten wir eine relativ ungezwungene Unterhaltung, wobei ich mich die ganze Zeit fragte, ob er wohl anschließend mit zu mir käme. Ich war sehr darauf aus, ihn näher kennenzulernen, doch ich war mir nicht sicher, ob auch er dies beabsichtigte. Zwar war ich etwas angepisst, weil er, nachdem er sich noch einen Kaffee bestellt hatte, nur seinen Teil der Rechnung beglich, doch immerhin wollte er mich noch nach Hause begleiten. Für mich war klar, dass ich ihm sagen würde, positiv zu sein. Lange hatte ich mit meiner Offenbarung nicht gezögert, denn ich hatte wenig Lust, nicht zu wissen, woran ich war.

Ich war dann erleichtert, als ich merkte, dass er kein Problem damit zu haben schien. Da wir sexuell voll aufeinander abgefahren waren, sahen wir uns fortan regelmäßig. Aber darüber hinaus harmonierte es auch zwischenmenschlich. Er war unheimlich selbstbewusst, total heterolike und doch gab es diese Sanftmut, die er hinter seiner harten Ausstrahlung versteckte, mir aber nicht verborgen blieb.

Malte war unheimlich kuschelbedürftig und ich war zumindest für einen Augenblick glücklich, wenn wir eng aneinander geschmiegt im Bett lagen und einen Film schauten. Er nannte mich seinen Schatz, den er über alles lieb hatte. Soweit war alles wunderbar, doch je mehr Gefühle ich für ihn entwickelte, desto mehr haderte ich mit dem Umstand, dass er nicht geoutet war. Obwohl ich seine Zärtlichkeiten, die er mir in meiner Wohnung schenkte, in hohem Maße genoss, stimmte es mich traurig, mitunter gar ärgerlich, dass er mir diese draußen auf der Straße vorenthielt. Aus dem Alter, in dem man Händchen haltend durch die Straßen zog, nur um zu provozieren, war ich längst raus. Doch allmählich widerstrebte es mir, jegliche Geste der Liebesbekundung zurückhalten zu müssen. Zu gern hätte ich seine Eltern kennengelernt oder wäre mit zu seinen Freunden gegangen. Doch dies war alles nicht möglich. Wenn ich ihm schon kein klares Bekenntnis abringen konnte, so äußerte ich zumindest den

Wunsch, draußen mal gemeinsam etwas Schönes zu unternehmen. Egal, ob etwas trinken zu gehen oder im Park zu sitzen. Ich wollte nicht großartig eingeladen werden, aber es war mir ein immenses Verlangen, einmal etwas außerhalb meines Bettes zu unternehmen. Länger hatte ich mit mir gerungen, bevor ich diesen Aspekt behutsam ansprach. Doch letztlich widerstrebte mir der Zustand zu sehr, als dass ich einfach darüber hinweg sehen konnte. Ich vermied es, ihm irgendwas vorzuwerfen, sondern erzählte von dem, was ich vermisste.

Er könne sich nicht outen, es ginge nicht, trotzdem sei ich sein Schatz, den er über alles lieb hätte. Zeit, vielleicht auch viel Zeit, brauche er, zumal da solche Gefühle gegenüber einem Mann noch etwas seien, was ihn sehr verunsichere. Da ich merkte, wie sehr er mit der Situation haderte, unterließ ich es, ihn weiter unter Druck zu setzen. Ohnehin tat ich das schon mehr oder weniger auf subtile Art, indem ich phasenweise raushängen ließ, wie unglücklich mich dieser Umstand machte. Fast schämte ich mich, zwischenzeitlich den Gedanken zu haben, er wolle mich nur zum Rummachen. Auf keinen Fall wollte ich es riskieren, ihn zu verlieren und so war ich gezwungen, mich mit dieser Begebenheit zu arrangieren. Kurzfristig, so sagte ich mir, wäre alles okay so wie es ist. Mittelfristig hingegen müsste ich erst noch schauen, ob ich bereit wäre, die Verhältnisse so hinzunehmen, wie sie waren.

Heiko

Kurz darauf lernte ich Heiko kennen. Wir waren uns in ´nem Fickschuppen begegnet. Nachdem wir rumgemacht hatten, tranken wir noch etliche Gläser Wein, während wir bei ihm zu Hause auf dem Sofa kuschelten.

Daraufhin trafen wir uns jedes Wochenende. Wir unternahmen viel gemeinsam. Gingen aus. Schlenderten am Rhein entlang. Gingen in die Sauna. Schlenderten durch die City.

Hier war ich einem grundsoliden Kerl begegnet, dessen Zuneigung und Zärtlichkeiten ich in vollen Zügen genoss. Und trotzdem war da noch Malte, dessen markante Männlichkeit mich so faszinierte. Es begann ein Albtraum, weil ich glaubte, mich auf zwei Männer gleichzeitig einlassen zu können. Tatsächlich gab ich mich für eine lange Zeit dem einfältigen Glauben hin, dies könne klappen.

Auf Malte war ich wütend, weil er sich nicht zu mir bekannte, wohingegen Heiko seine Zuneigung mir gegenüber in der Öffentlichkeit nicht verbarg. Und es war immens unfair. Ich fühlte mich schlecht, weil Heiko derjenige war, der mit mir all das unternahm, was ich bei Malte so unendlich

131

vermisste. Allenfalls behutsam ließ ich mal anklingeln, dass ich es schön fände, mal was gemeinsam zu unternehmen. Meistens kamen aber lapidare Beschwichtigungen, die mich tatsächlich auch noch besänftigen.

Der Höhepunkt des ganzen Trauerspiels spielte sich schließlich am wunderschönen Schloss Schwerin ab. Nachdem Heiko und ich gemeinsam in unseren ersten Urlaub nach Rügen aufgebrochen waren und hier einen Zwischenstopp eingelegt hatten, gestand ich ihm nach ewig langem Zögern, mir eine Partnerschaft nicht vorstellen zu können.

Es tat unheimlich weh, ihn so derart leiden zu sehen. Aber ich war nicht im Stande, ihm noch länger etwas vorzumachen. Ich hatte ihn unheimlich lieb, aber ich zweifelte daran, Liebe zu sein. Dabei hatte ich ihm mittlerweile so vieles zu verdanken! Ich bot Heiko an, den Urlaub abzubrechen, den ich ihm unweigerlich versaut hatte. Wir brachen ihn dann doch nicht ab und beschlossen, irgendwie das Beste aus der Situation zu machen. Wie das aussehen sollte, wusste ich selbst nicht. Fast traute ich mich nicht, ihm in die Augen zu blicken.

Ich liebte Mecklenburg – Vorpommern. Die unendliche Weite, die Stille, die sanften Hügel, die leuchtenden Rapsfelder, die imposanten Alleen. Ich brannte darauf, Heiko all die Schönheiten, die Rügen zu bieten hatte, zu zeigen. Aber natürlich überlagerte seine Niedergeschlagenheit jegliche Begeisterung. Ich fühlte mich einfach nur Scheiße! Dann, wenn ich glaubte, ihn einen Augenblick unbeschwert zu erleben, ging es auch mir besser. Malte hatte ich inzwischen gemailt, dass ich mit Heiko nicht mehr zusammen wäre. Ich also wieder frei wäre. Obgleich mich dieser Typ nicht einmal zum Eis eingeladen hatte, sah ich mich außer Stande, mich von ihm zu lösen. Ich war mitunter restlos deprimiert, wenn am Tag nicht mal eine SMS kam. Später hieß es dann, er sähe mich als seinen kleinen Bruder, den er immens geil und sexy fände. Dann war meine Welt wieder in Ordnung und ich konnte darüber hinwegsehen, wieder einmal nichts gemeinsam unternommen zu haben.

Mittlerweile besuchte ich eine Aufbauschule für Abiturienten, die die Chance erhöhen sollte, im kaufmännischen Spektrum einen Ausbildungsplatz zu finden. Zum ersten Mal erlebte ich es, wie toll es war, sich im Klassenverband integriert zu fühlen und so etwas wie ein Gemeinschaftsgefühl zu erleben. In Textverarbeitung musste ich aufpassen, keine Sechs zu kriegen. Dann wäre es aus gewesen. Dieses Fach hasste ich einfach nur. Restlos bescheuert, unterm Pappkarton das Schreiben mit zehn Fingern lernen zu müssen.

Dafür brillierte ich in Politik, wo ich alle Ministerpräsidenten unserer 16 Bundesländer namentlich benennen konnte. Außerdem wusste ich als Einziger, wo die Bundesagentur für Arbeit und das statistische Bundesamt ihren Sitz hatten. Tat mal richtig gut, raushängen zu lassen, was man so drauf hatte. Und das auch noch bei unserer Klassenlehrerin, meiner absoluten Lieblingslehrerin. Ältere, taffe Dame, die stets im Rock kam, was ja mittlerweile leider echt ´ne Seltenheit geworden war.

Inzwischen war ich überall geoutet, woran sich keiner auch nur im Ansatz störte. Und wenn, dann wäre es mir auch egal gewesen. In dieser Hinsicht war ich zu souverän, als dass ich mich in aller Hilflosigkeit anfeinden ließe. Aber inzwischen hatte ich auch die skurrile Feststellung gemacht, dass es kaum noch jemanden interessierte. Fast war ich sauer, mich damit nicht mehr abheben zu können. Dennoch galt irgendwie immer mehr: „Schwul ist cool!"

Die Katastrophe

Letztlich hatte ich dann doch noch einen Betrieb gefunden, der mich ausbilden wollte. Ein Bekannter hatte mich spontan ermutigt, seinem Arbeitgeber eine Bewerbung zukommen zu lassen. Es war mein letztes Eisen, das im Feuer lag. Alle anderen hatten mir ´ne Absage erteilt. Aber dann klappte es. Ein Eignungstest war nicht zu bestehen. Im Vorstellungsgespräch hatte ich überzeugt. Auf den Start freute ich mich, obwohl ich mir keine Illusion machte, dass mein Lustig - Leben ab da an vorbei wäre. Der Betrieb war grundsolide, ein etablierter Arbeitgeber von über 1500 Leuten am Standort Krefeld in einer Branche mit Zukunft.

Schon am ersten Tag war ich froh, als ich nach Hause konnte. Und schon ziemlich bald war es ein Scheiß Gefühl, morgens im Bus zu sitzen, der einen zur Arbeit karrte, wo ich gezwungen war, Leistung zu zeigen. Im Unterricht konnte man ja noch weghören, stumpfsinnig aus dem Fenster starren oder seinen Block vollkritzeln, wenn man keinen Bock hatte, begreifen zu wollen, wie welcher Betrag von einem ins andere Konto geschoben werden musste.

Ganz anders im Ausbildungsbetrieb. Da kam ich nicht umher, mich mit dem Stoff auseinanderzusetzen, um dann schon bald in der jeweiligen Abteilung einfachere Arbeiten selbständig und möglichst fehlerfrei zu erledigen. Es war einfach nur furchtbar. Das Schlimmste war die digitale Seuche. Rechtschreibung und Zeichensetzung interessierten nicht. Dies hatte ich schon ziemlich bald leidlich erfahren. Hauptsache, du kamst mit den ganzen EDV – Programmen zurecht. Alles tausend Sonderfälle, alles so furchtbar spezifisch. Wir waren keine Marmeladenfabrik, die weder Himbeeren noch Zucker kaufte, sondern ein ein erfolgreicher Dienstleister auf höchstem Niveau. Zu gern hätte ich im Einkauf Anfragen für Zucker und Erdbeeren formuliert. Stattdessen musste ich mich mit der Abwicklung und Koordination komplexer Projekte rumschlagen, bei denen ich nicht mal im Ansatz eine Ahnung hatte, was hinter diesen steckte. Immerhin spendierte mir mein Betrieb in einem 8 – stündigen Einzeltraining einen Mentor, der mir all das zeigte, was ich so furchtbar abstoßend fand.

Es war mir ein Rätsel, mit welch unverschämt beeindruckender Leichtigkeit meine Kollegen an die Sache gingen. Obwohl ich mir alles detailliert notiert hatte, was wie zu machen war, schämte ich mich beinahe, weil ich zum wiederholten Male keinen Plan hatte, wie ich weiter vorzugehen hatte und somit noch einmal die Hilfe jener Person beanspruchte, die mich betreute. Die Tatsache, dass Malte mich wieder enttäuscht hatte, gab mir dann noch den Rest.

Ablage war klasse! Einfach mal durchatmen. Was andere vielleicht als vermeintlich stupide und monoton empfanden, war für mich eine Aufgabe, bei der ich nicht Gefahr lief, einräumen zu müssen, etwas nicht verstanden zu haben. Mangelnde Auffassungsgabe sowie eine Datei, die ich meiner Personalreferentin zerschossen hatte, als ich die Personalabteilung durchlaufen hatte, führten zu einem unangenehmen Gespräch mit ihr und meiner Ausbildungsleiterin. Da wurde ich dann auch mit der zentralen Frage konfrontiert, ob ich selbst nicht meine, dass diese Ausbildung die Falsche wäre.

Dass ich kein Industriekaufmann war, wusste ich von der ersten Minute an. Daher war ich nur froh, dass ich mir ein vorschnelles Geständnis dessen gerade noch verkneifen konnte. Denn meist war ich bei solchen Sachen sehr offen. Eine Klassenkameradin hatte schon zuvor süffisant festgestellt, dass sich der Betrieb, der mich abkriegen würde, bedanken könne.

Mehrfach bekundete ich aber meinen Willen, die Ausbildung fortführen zu wollen. Und da ich die Probezeit bestanden hatte, hatte ich auch nur wenig zu befürchten, solange ich nicht klaute oder ähnliche Dinge täte.

Berufsschule war auch nicht toll. Aber eben zig Mal besser als der Tag im Betrieb. Rechnungswesen war mal so ein Fach, das gar nicht ging. Die Lehrer waren allesamt voll in Ordnung, zu meinen Mitschülern hatte ich dagegen keinen Bezug. Nicht weiter schlimm, aber irgendwie dann doch doof, keinen zu haben, mit dem ich das Ganze gemeinsam durchlaufen konnte.

Bloß weg!

Meine Ausbildung hatte ich mit einer ordentlichen Note beendet und wider Erwarten war mir ein Jahresvertrag angeboten worden, den ich auch annahm. Während meine Mitauszubildenden es kaum erwarten konnten, endlich Kohle zu verdienen, kam in mir schon Monate vor der Übernahme immenses Grauen vor der neuen Verantwortung auf. Ich mochte unsere Branche nicht, traute mir in keiner Hinsicht zu, den Leistungsanforderungen adäquat gerecht zu werden und hegte überhaupt eine leidenschaftliche Abneigung gegenüber der ganzen digitalen Bürokommunikation.

Auch wenn ich freundlich in meiner neuen Abteilung empfangen wurde, minderte das meine massive Anspannung und tiefe Verunsicherung vor der neuen Materie nicht wirklich.

Oliver, derjenige, der mich einarbeiten sollte, war ein prima Kerl und ich wusste, dass er mich jederzeit unterstützen würde, wenn ich nicht mehr weiter wüsste. Trotzdem wurde ich von Tag zu Tag verbissener, denn natürlich war mir auch bewusst, dass ich irgendwann eigenständig

Leistung bringen müsste. Ich schlief miserabel und die Übermüdung machte es nur noch schwerer, sich bei der Verarbeitung unzähliger Daten, Dokumente und Tabellen zu konzentrieren. Die Tatsache, dass mir schlimmstenfalls gekündigt und ich in Hartz 4 rutschen würde, beruhigte mich nur minimal. Denn ich fürchtete, dass dies ein für beide Seiten furchtbar unangenehmer Erkenntnisprozess würde, der offenbart, dass es einfach nicht passte. Lange Zeit spürte man so etwas und irgendwann würde es dann auch verbalisiert. In meiner Verzweiflung suchte ich mit kompletter Verbissenheit nach der erst besten Stelle, die es ermöglichen würde, meiner Firma zu entfliehen. Schließlich wurde ich als Tellerwäsche vorstellig, sollte zur Probe arbeiten, wogegen ich mich aber entschied, weil ich Zweifel hatte, ob der Laden auch den Lohn rechtmäßig zahlen würde. Irgendwas war da, was mir an dem Schuppen suspekt war.

Während Malte mich mit lapidarem Geplänkel nach dem Motto „Du musst Dir nur mehr zutrauen..." aufzubauen versuchte, bot Heiko mir an, mich schlimmstenfalls finanziell zu unterstützen, wenn alles kollabieren sollte.

Irgendwie hangelte ich mich dann von Tag zu Tag und schöpfte erstmals wieder Hoffnung, als ich begann, mich konkreter damit zu befassen, vielleicht noch einmal studieren zu gehen. Parallel zu meiner täglichen Arbeit versuchte ich mit großer Motivation zu klären, ob mir noch Bafög bewilligt würde. Denn eine komplette Finanzierung durch meine Eltern konnte ich nicht mehr erwarten und wollte ich auch nicht in Anspruch nehmen. Wenn ich Glück hätte, bekäme ich vielleicht noch ´nen kleinen Zuschuss.

Ein Studium der Ernährungswissenschaften war das Einzige, was ich mir vorstellen konnte. Schließlich ging ich dreimal am Tag in den Supermarkt, achtete wegen meiner Raucherei ganz besonders auf eine halbwegs gesunde Ernährung und letztlich war Ernährung ein Thema, das im Trend lag und Zukunft hatte. Außerdem konnte ich noch die Strukturformel von Glukose aufzeichnen, die aus 24 Atomen verästelt war. Jo, Biochemie war schon ´ne coole Sache, bei der ich zu Schulzeiten der Beste war. Da aber im Abi Genetik größtenteils Gegenstand des Unterrichts gewesen war, loste ich voll auf `ne Fünf minus ab. Toll!

Ich stellte dann fest, dass diese Wissenschaft von nicht wenigen belächelt wurde, doch ich war schnell davon überzeugt, dass sie absolut die Richtige wäre. Außerdem war „Ökotrophologie" im

Gegensatz zu BWL, Bauingenieurswesen oder Jura mal eine echt ausgefallene Richtung, die nicht jeder studierte. Da es möglich war, dies an einer näher gelegenen Fachhochschule studieren zu können, es so aussah, als wäre ich noch Bafög berechtigt und ich etliche Wartesemester vorzuweisen hatte, wäre das eine Top - Alternative zu meiner momentanen Tätigkeit, die nur noch der totale Krampf war.

Dummerweise war für das Studieren ab dem dritten Semester ein achtwöchiges Praktikum vorzuweisen. Doch um meiner Arbeit zu entkommen, war ich gern bereit, mich hierfür mit größtem Eifer um einen Job in einem Küchenbetrieb zu bewerben. Meinetwegen auch unbezahlt, schließlich ging es um jeden Preis darum, das Studium auf ein solides Fundament zu stellen. Zwar wäre es auch möglich gewesen, in den Semesterferien das Praktikum zu absolvieren. Doch das wäre ein Stress, den ich mir nicht antun wollte. Als ich schließlich einen Praktikumsplatz fand, ging es darum, alles konkret in die Wege zu leiten. Bei meiner Krankenkasse klärte ich meinen Status, ich bewarb mich an der Hochschule um einen Studienplatz, stellt den Bafög – Antrag und setzte das Kündigungsschreiben auf. Ich hatte es soweit wie möglich aufgeschoben, aber letztlich musste ich mich irgendwann bei mir in der Abteilung offenbaren.

Der Dreck

Zwischenzeitlich lernte ich einen Typen kennen, der Speed konsumierte. Ich selbst hatte keinen Plan, woher ich dies hätte bekommen können. Einige wenige Male hatte ich es in der Sauna genommen.

Attraktiv fand ich ihn nicht, aber es reichte ihm, mich einseitig sexuell über Stunden zu bedienen und ich hatte meinen Spaß dabei. Das Runterkommen war zwar immer äußerst unangenehm, weil es auch mit Ängsten, vor allem der Angst, nicht einschlafen zu können, verbunden war, doch diese negativen Begleiterscheinungen hielten mich nicht davon ab, mich wieder und wieder mit Jan zu treffen. Zwangsläufig hatte ich massive Probleme damit, Schlaf zu finden – auch dann, als ich schon zwei oder drei Tage nicht konsumiert hatte. Andere konsumierten Gras, um zur Ruhe zu kommen. Mir aber war das Zeug suspekt, wobei ich mich stets fragte, was man dem abgewinnen könne. Dass man davon chronisch träge und gleichgültig gegenüber allem würde, schien zu stimmen. Als ich einen guten Freund nach langer Zeit besucht hatte, hatte sich dort meterhoch verdrecktes

Geschirr gestapelt. Und auch der Rest der Wohnung versank nicht nur im Chaos, sondern war schlicht immens versifft. Obwohl ich selbst für meine Unordnung bekannt war und dreckiges Geschirr im Schrank verschwinden ließ, war ich einfach nur entsetzt. Siff und Schmier dieses massiven Ausmaßes gingen mal gar nicht.

Schon bald hatte sich das Problem derart massiv zugespitzt, dass ich Sorge hatte, ich könnte meiner Arbeit im Praktikum nicht mehr angemessen nachkommen. Bei einer unbezahlten Tätigkeit hatte ich nun wirklich nicht den Anspruch, brillieren zu müssen, trotzdem war ich schon darauf bedacht, es mir mit den Leuten - und vor allem dem Küchenchef - nicht zu verscherzen. Denn obwohl mir große Patzer nicht unterlaufen waren, hatte der Chefkoch meistens was zu beanstanden. Meine Welt ging davon wirklich nicht unter, doch eine gewisse Frustration blieb nicht aus, weil Lob und Dank trotz guter Leistungen auf der Strecke blieben und ich obendrein das Praktikum unentgeltlich machte.

Dafür rächte ich mich, indem ich immer etwas wegfraß, wenn er gerade nicht Schicht hatte. Doch auch diese blöde Zeit ging vorbei und ich war happy, den Praktikumsbescheid endlich in der Tasche zu haben. Meine Meinung über den

Küchenchef hatte ich dann doch revidiert, als er mich ein paar Mal eher nach Hause gehen ließ.

Obwohl inzwischen das Studium begonnen hatte, schränkte ich meinen Drogenkonsum nicht ein. Denn ich glaubte, ich könne dies jederzeit, wenn ich es nur wollte. Während die anderen lernten, wie man einen pH – Wert berechnet, ließ ich mir weiterhin den Schwanz von Jan blasen. Wahrscheinlich wäre dies noch lange Zeit so weiter gegangen, wenn sich meine Schlafprobleme nicht so drastisch verschärft hätten. Über Wochen hatte ich so wenig bzw. so miserabel gepennt, dass ich fürchtete, ich könne jederzeit auf der Straße kollabieren. Da ich nicht verstand, warum sich mein Körper nicht einfach den Schlaf holte, den er ja eigentlich nach etlichen Wochen immenser Entkräftung brauchen müsste, fürchtete ich mehr und mehr die Vorstellung, mein Gehirn könnte irreparabel geschädigt worden sein. Schließlich war das bei so einem chemischen Dreckzeug wie „Speed" nicht auszuschließen. Infolge dieser Panik schlief ich nun noch schlechter, sodass ich bald gar nicht mehr den tatsächlichen Grund meiner Schlafstörung ausmachen konnte. Soll ja Leute geben, die beeindruckend darin talentiert sind, sich in alles reinzusteigern.

Je erschöpfter ich war, desto mehr setzte ich mich unter Druck, in der kommenden Nacht endlich pennen zu müssen. Obwohl ich immer mehr Schlaf- und Beruhigungsmittel in mich hineingestopft hatte, hatte es immer nur für wenige Stunden schlechten Schlaf gereicht, weswegen ich bald restlos verzweifelte.

Meine fürchterlichen Augenringe und die entsetzlichen Tränensäcke waren schon schlimm genug, der massive Schlafmangel aber der reinste Alptraum, der bald alles dominierte. Ausgerechnet in der Nacht, als Malte bei mir schlief, fand ich das erste Mal seit Wochen wieder fünf Stunden Schlaf am Stück. Zwar war auch das nicht bemerkenswert viel, dennoch war ich enorm erleichtert. Denn es zeigte mir, dass mein Gehirn doch wohl nicht bleibend geschädigt war. Trotzdem war das ganze Leid Lehre genug, fortan rigoros die Finger von Amphetaminen zu lassen. Aber es gab ja noch andere Sachen.

Die Isolation

Heroin hatte ich früher schon ein paar wenige Male konsumiert - jedoch mit Abstand von jeweils vielen Monaten. Im Gegensatz zu Speed war Heroin angenehm dämpfend. Da ich ohnehin oft unter innerer Hochspannung stand, konnte ich dem viel abgewinnen. Außerdem hatte ich auch noch nie gehört, dass jemand von Heroin einen Hirnschlag, Herzinfarkt oder eine Psychose erlitten hätte. Das waren immer Dinge, vor denen ich bei Speed Angst gehabt hatte. Herzinfarkt wäre ja noch okay gewesen; daran wäre man im schlimmsten Falle gestorben. Aber die Vorstellung, infolge eines Hirnschlags blind zu werden, war einfach nur Horror!

Jedenfalls begann ich, fortan auf Heroin umzusteigen und zwangsläufig blieb es nicht aus, erste leichte Abhängigkeitssymptome zu verspüren. Zum Glück entschied ich mich dazu, diese ersten Symptome nicht mit neuem Stoff zu bekämpfen, sondern erst einmal konsequent zu entziehen. Nach drei, manchmal auch vier Tagen mit leicht diffusen Ängsten, Schlafschwierigkeiten und Kältegefühlen war auch alles wieder normal.

In der Uni besuchte ich nur noch die Pflichtveranstaltungen. Zur Klausurvorbereitung würden die Skripte der Professoren schon ausreichen. Oder ich hatte meine Mitstudenten gefragt, ob ich die Mitschriften haben könne. Aber da ich irgendwann angefangen hatte, es blöd zu finden, den Leuten nachzulaufen und zu betteln, ließ ich es schon recht bald wieder sein.

So gut es ging, bemühte ich mich, den Entzug zu verbergen. Aber das war anstrengend, weswegen ich mit anderen letztlich nur oberflächlich in Kontakt kam. Es gab nicht viel, was mir im Studium nicht gefiel und noch weniger, was mir gänzlich widerstrebte. Aber die Teilnahme am Physik – Praktikum war etwas, was so gar nicht ging - nicht nur, weil Physik so fast das Allerletzte war, für das ich mich begeistern konnte. Hierfür gab es zwar keine Note, aber um weiterzukommen, musste man bei der Durchführung der Versuche eine bestimmte Punktzahl erreichen. Die Zeit dafür war knapp bemessen. Zu knapp, wie ich fand. Neunzig lausige Minuten für Aufbau, Abstimmung, Durchführung, Dokumentation und Auswertung. Es hieß, durch gründliche Vorbereitung sei das alles kein Problem.

Schon allein dafür gingen jedes Mal etliche Stunden drauf und hätte ich nicht auf Heikos Fachkenntnis zurückgreifen können, wäre ich bereits von vornherein gescheitert. Ich war gerade mal im Stande, meine Kaffeemaschine zu bedienen. Und hier sollte ich mit Apparaturen hantieren, die mir nicht nur gänzlich fremd, sondern regelrecht unheimlich waren. Vertrautheit erlangte ich auch dadurch nicht, die Gebrauchsanleitung etliche Male durchgelesen zu haben. Mitansehen zu müssen, mit welcher Gelassenheit die anderen im Praktikum an die Sache gingen, brachte mich regelrecht in Rage. Als wüsste einer von denen, woran die Weimarer Republik gescheitert war!

Da es mir nicht gelungen war, es zu unterlassen oder es zumindest einzuschränken, ständig aufs Neue Heroin zu konsumieren, versäumte ich es, mich in einer Gruppe zu integrieren. Die Bedeutung eines solchen Anschlusses erkannte ich dabei zunächst noch nicht. Immerhin hatte ich zwei Jungs gefunden, mit denen ich gemeinsam einige Veranstaltungen besuchte. Aber auch da offenbarte sich mit der Zeit mehr und mehr, dass sich zwischen den beiden ein Zweiergespann herausbildete und ich mehr oder weniger derjenige war, der zusehends das fünfte Rad am

Wagen spielte. Mitunter kam es vor, die Mensa zu meiden, weil ich keinen gefunden hatte, der mit mir gemeinsam zum Mittagessen gegangen wäre. Anderen nachzulaufen, hatte ich mir strikt verboten.

Dieser Umstand tat nicht einmal wirklich weh. Ja, er war doof, doch Malte und die Drogen trösteten mich darüber hinweg, dass ich im Studium weiter keinen hatte. Je länger ich das Heroin konsumierte, desto rascher bildeten sich die ersten Entzugssymptome heraus. Während anfangs die ersten Symptome erst nach vier oder fünf Tagen aufgetaucht waren, musste ich feststellen, dass inzwischen bereits ein - oder zweitägiger Konsum ausreichte, um Abhängigkeitssymptome zu entwickeln.

Die Lüge

Da ich mir inzwischen nicht mehr ganz so sicher war, ob ich nicht doch ein ernsthaftes Drogenproblem hatte, hatte ich eine Suchtberatungsstelle aufgesucht. Mit der supernetten Dame, die echt bemüht war, konnte ich über alles sprechen. Ich hatte tatsächlich den Eindruck gewonnen, dass sie wirklich verstand, wie scheiße ich mich fühlte. Ich mochte ihre herzliche Art und ich hatte keine Hemmungen, über wirklich alles zu sprechen, was mich belastete. Natürlich ging es zu einem Großteil darum, dass sich Malte nicht zu mir bekannte. Allmählich verreckte ich an der Verleugnung.

An meinem 29. Geburtstag hatte ich meine Eltern zum Essen eingeladen und ich war total happy, als er zusagte, mitzukommen. Eindringlich hatte ich ihn darum gebeten. Zuvor hatte ich etliche Bistros und Restaurants abgeklappert, um eines zu finden, das ein behagliches Ambiente bot. Schließlich hatte ich mich für eins entschieden, das ganz passabel war.

Letztlich war der Abend einfach nur furchtbar. Ich hatte schlecht geschlafen und war todtraurig, weil ich glaubte, dass ausgerechnet an diesem Tag meine Augenringe besonders stark ausgeprägt seien. Maltes maskuline Art faszinierte mich dagegen, weswegen ich mir mit meiner glanzlosen Erscheinung und der Behinderung schon fast minderwertig vorkam. Beinahe war ich dankbar, dass er sich mit einem wie mir abgab.

Denn bis dahin hatte ich es noch nicht begriffen, dass Liebe nichts mit Bewunderung und devoter Opferbereitschaft zu tun hatte. Thomas hatte ich auch stets immens idealisiert, aber da kam wenigstens auch etwas zurück!

Die Drogen raubten mir durch den permanenten Entzugs - Stress, der Sorge bei der Beschaffung ihrer erwischt zu werden sowie einer diffusen Angst vor vielleicht doch bleibenden Schäden mehr und mehr jegliche Leichtigkeit.

Dennoch war ich außer Stande, damit aufzuhören, obwohl ich es mir fest vornahm und Malte bat, nichts mehr anzuschleppen. Nicht nur einmal war es vorgekommen, dass ich losrannte, um mir was zu besorgen, dann zögerte, umkehrte und dann nach zwei Stunden erneut loslief und tatsächlich was kaufte. Gelöst war dieser innere Konflikt erst dann, als ich die erste Nase gezogen hatte. Denn da war die Sache final entschieden.

Mehrmals hatte ich Heiko angelogen, obwohl ich mir ziemlich scheiße dabei vorkam. Die Lüge war die Schwester der Sucht! Und auch sonst hatte ich mich verändert. Und nicht zum Positiven. Heiko warf mir eine permanente Gereiztheit vor, die ich als nicht wirklich beachtenswert auslegte. Die ganzen Entzüge waren mühselig, weswegen ich nicht auch noch Bock auf blöde Vorhaltungen hatte.

Aber natürlich war mir klar, dass es mehr als unfair war, meine Frustrationen an ihm auszulassen. Ich wusste, dass ich ihm verdammt viel zu verdanken hatte, weswegen es mich ärgerte, Blockaden zu haben, dies zum Ausdruck zu bringen. Zwischenzeitlich stellte ich gar in Frage, ob es mich überhaupt noch gäbe, wäre ich ihm damals nicht begegnet. Aber sobald ich mich auch nur ansatzweise unverstanden gefühlt hatte, löste das einen Ärger in mir aus, der sämtliche Dankbarkeit überlagerte. Und wenn der Groll verflogen war, ärgerte ich mich darüber, es nicht geschafft zu haben, mal „Danke" zu sagen.

Obwohl ich alles tausend Mal hin und her gewälzt hatte, kam ich letztlich zu keinem eindeutigen Ergebnis, was die Frage anbelangte, ob Konsum richtig oder falsch sei. Mal hatte ich Sorge, ich könne was Tolles versäumen, wenn ich es komplett sein ließe. Oder aber ich verfluchte das Zeug, weil ich anscheinend nicht damit umgehen konnte und es mir unterm Strich jegliche Unbeschwertheit kaputt machte. Mal war ich froh und dankbar, die Drogen entdeckt zu haben, weil sie zumindest für eine kurze Zeit schöne Gefühle erzeugen konnten. Dann wiederum war ich davon überzeugt, die Lösung liege im kontrollierten Konsum. Es war schon viele Jahre her gewesen, dass ich mich so zerrissen fühlte.

Malte hielt sich an meine Bitte, nichts mehr anzuschleppen. Aber ich merkte, dass er selbst was genommen hatte, als er mich zum Rumpimmeln besuchte. Obwohl ich das ziemlich daneben fand, sagte ich nichts. Wie so oft halt.

Die Entgiftung

Da mir bislang die Wende nicht gelungen war, entschied ich mich zur stationären Entgiftung. Schon Wochen vorher hatte ich diese Option geprüft, aber dann doch wieder verworfen, weil ich glaubte, ich bekäme es allein hin.

Zeitlich passte das gut, denn die Semesterferien hatten gerade begonnen. Die Aufnahme erfolgte überraschend kurzfristig, wobei ich sie noch einen Tag hinauszögerte. Denn wenn ich schon ins Krankenhaus – und dann auch noch in die Psychiatrie ginge, würde ich es mir nicht nehmen lassen, mich am Abend vorher noch einmal so richtig mit Heroin abzuschießen. Für den Falle heftiger Entzugssymptome stünde schließlich Methadon zur Verfügung. Malte meinte, er finde das ganz furchtbar und hätte nicht gedacht, dass es so schlimm bei mir sei.

Furchtbar war der Entzugs - Aufenthalt tatsächlich. Allerdings nicht wegen der etwaigen Heftigkeit des Entzugs oder der Leute, mit denen ich da abhing. Mir war dauernd kalt, ich übergab mich zweimal und schlief schlecht, weil eine absolut desinteressierte Assistenzärztin meine

Schlafmedikation radikal zusammengestrichen hatte. Trotzdem waren dies alles Sachen, die auszuhalten waren, zumal da ich wusste, dass nach vier Tagen alles vorbei wäre. Denn ich war ja schließlich nicht schwerst abhängig. Und Methadon bekam ich auch nur, weil ich in der Darstellung meiner Symptome dramatisch übertrieben hatte. Letztlich tat ich mir damit nicht wirklich einen Gefallen, denn dies führte nur dazu, dass sich mein Aufenthalt verlängerte, weil das Methadon ganz sanft in kleinen Dosen ausgeschlichen werden musste.

Die Leute waren schon ziemlich kaputt. Vom Bahnhofsvorplatz war man diese Erscheinungsbilder ja gewohnt. Insofern hatte ich auch nach kurzer Zeit alle anfängliche Beklemmung verloren. Überall war Trostlosigkeit zu spüren. Kohle hatte keiner, alle kratzten ihre letzten Pfennige zusammen, viele wurden betreut und manchen drohte Haft, wenn sie die Therapie abbrächen.

Als erniedrigend empfand ich es, hier eingesperrt zu sein, nicht einmal Cola trinken zu dürfen und beim Verlassen der Station dauernd unter Kontrolle zu stehen. Aber natürlich hatte das alles seinen Sinn und ich vermied es, Ärger zu machen. Denn die Pfleger waren wirklich okay. Obwohl man spürte, dass sie Distanz hielten, behandelten sie uns nicht von oben herab. Und wenn es jemandem wirklich scheiße ging, war auch immer ein aufbauendes Gespräch drin. Den Gedanken, sich irgendetwas einzuwerfen hatte ich zu keiner Zeit, zumal da man jeden zweiten Tag Urin unter Beobachtung abgeben musste.

Gnadenlose Desillusion

Langsam, quälend langsam verstrich die Zeit. Zwei mal pro Woche war es erlaubt, Besuch zu empfangen. Das waren die Highlights der Woche, ohne die das trostlose Dasein wahrscheinlich gar nicht auszuhalten wäre. Am schlimmsten waren die Wochenenden, weil das ohnehin schon spärliche Programm dann ganz ausblieb. Schon fast glücklich war ich, wenn Praktikanten auf der Station waren, die von den Pflegern die Erlaubnis hatten, mit uns mal eine Stunde durch den Park zu schlendern.

Ansonsten blieb jenes, was erlaubt und möglich war: rauchen, fressen, rumgammeln. Es war wirklich deprimierend, weswegen ich umso verletzter war, als Malte mir am dritten Tag nicht eine lausige SMS geschrieben hatte.

Der erste Tag war nicht schön, der zweite Tag tat weh, der dritte Tag scheiße weh. Und auf einmal offenbarte diese Tatsache eine Wahrheit, die ich nie hatte sehen wollen: Der Typ liebt dich nicht! Du bist ihm egal! Noch irgend etwas Wohlwollendes wollte ich hinein interpretieren, irgend etwas suchen, was dieses Verhalten entschuldigen könnte. Voller Schmerz aber erkannte ich, dass es nichts, gar nichts zu beschönigen gab. Und nur allein Heiko hatte ich es zu verdanken, nicht restlos abzudrehen. Ich war fertig, am Ende, weswegen ich einfach nur abbrechen und abhauen wollte.

Heiko aber ermutigte mich, weiterzumachen. Und ich machte weiter. Zumindest versprach ich, bis zum nächsten Tag durchzuhalten. Denn ich wusste, dass, wenn ich jetzt abhaute, würde mein ohnehin schon fragiles Selbstbild komplett kollabieren. Wie ein Wahnsinniger kämpfte ich Stunde für Stunde darum, durchzuhalten. Denn mit jedem verdammten Tag wurde ich desillusionierter.

Eine gnadenlos bittere Erkenntnis, die ausgerechnet zu einem Zeitpunkt erfolgen sollte, an dem es kaum etwas gab, womit ich mich abreagieren oder ablenken konnte. Aber Heiko hatte mich ja schon lange zuvor gewarnt, was ich nie glauben konnte oder wollte und zum Schluss auch nicht durfte, weil es ein Eingeständnis gewesen wäre, jahrelang auf den falschen Typen gesetzt zu haben. Und dennoch nahm ich da mitunter einen kleinen unterschwelligen Schimmer wahr, wahrscheinlich bloß jemand zu sein, der ganz nett war und ihn spontan befriedigen würde, wenn er Bock hätte.

Nein, nachdem ich mir fünf Jahre alles zurecht argumentiert hatte, obwohl schon so lange etliche Dinge verdächtig, suspekt und widersprüchlich gewesen waren, gab es nichts mehr, was man an seinem Verhalten selbst beim besten Willen wohlwollend auslegen konnte.

Während meine Mitpatientin obendrein von ihrem Freund noch einen wirklich schönen bunten Blumenstrauß als Überraschung per Post bekam, hatte es bei Malte nicht mal für eine lausige Tafel Schokolade gereicht, als er mal für 'ne halbe Stunde vorbei kam. Dies war mehr als abartig gewesen, auch wenn ich wie immer die Klappe gehalten und mich gezwungen hatte, über diese menschliche Schäbigkeit hinwegzusehen.

Diese neue Klarsicht hatte mich dermaßen heftig überfallen, dass ich zum ersten Mal nach fünf Jahren den Mut aufbrachte, ihm all die Hässlichkeiten um die Ohren zu hauen, die mir so immens weh getan hatten: dass er ein dreckiger Bastard sei, der mich die ganzen Jahre nur verarscht hätte. So gerade hatte ich es noch geschafft, mir die wichtigsten Aspekte auf einem Zettel zu notieren. Schon als ich die

Telefonnummer wählte, fürchtete ich, dass mir die Stimme wegbrechen würde. Aber ich war nicht im Stande, dies noch länger aufzuschieben. Nicht eine einzige Minute. Meine scheiß verfickte Stimme verfluchte ich, da sie tatsächlich sehr schwach war, als er sich meldete und ich anfing, seine hunderttausend Abartigkeiten mir gegenüber anzuprangern.

Naja, letztlich war es mehr der Versuch einer Abrechnung. Zu erschüttert war ich, als dass ich im Stande gewesen wäre, ihm souverän klar zumachen, dass es fortan besser wäre, die Finger von mir zu lassen.

Nachdem ich mich noch massiv über meine Stimme geärgert hatte, fragte ich mich, ob es das alles nach fünf Jahren sei. Fünf Jahre, die im Frühsommer im Eis - Cafe´ begonnen hatten und jetzt hier so schmutzig und abrupt am Münztelefon in einer unscheinbaren Nische der Psychiatrie endeten. Völlig fertig rief ich meine Eltern an und schilderte, was vorgefallen war: dass ich seit einem Jahr Drogen nahm und mich nun auf der Entgiftungs - Station befand.

Ich schämte mich. Ich schämte mich, so verarscht worden zu sein. Und ich schämte mich ganz besonders, da sie dachten, ich wäre nach meinen ganzen Eskapaden auf einem guten Weg. Aber jetzt brauchte ich mehr denn je ihre Unterstützung und ich musste mich vergewissern, dass sie weiterhin für mich da wären. Außerdem hätte ich keinen Tag länger die Kraft gehabt, die ganze Scheiße zu verheimlichen. Bislang hatte ich meinen Eltern erzählt, ich wäre mit Heiko zwei Wochen nach Berlin gefahren. Obwohl ich mir mehr als jemals zuvor Geschlossenheit bei meinen Eltern gewünscht hatte, erfuhr ich, dass sie heftig gestritten hatten. Das deprimierte mich nur noch mehr, denn dies war echt das Letzte, was ich jetzt brauchte.

Ein letztes Mal gab ich mich der Lächerlichkeit preis, indem ich Malte noch einmal anrief und bat, sich nichts anzutun. Oh mein Gott, Manuel! Der Typ war froh, den Klammeraffen endlich los zu sein.

Irgendwie schaffte ich es, mich völlig niedergeschlagen durch die letzten Tage zu quälen. Von Stunde zu Stunde schleppte ich mich, wobei ich mitunter unfähig war, klar zu denken. Vergeblich versuchte ich etwas zu finden, das im Stande gewesen wäre, mich aufzuheitern, wenn ich bald entlassen wäre. Aber da war nichts. Absolut nichts. Dabei war mir völlig klar, dass es ein völlig anderes Leben als vorher wäre – nicht nur, weil ich ernsthaft vorhatte, mit den Drogen zu brechen.

Ohne Malte machte sich ein diffuses Gemenge aus Leere, Sinnlosigkeit und Niedergeschlagenheit breit, das selbst das zarteste Lächeln unmöglich machte. Schon fast dachte ich, es wäre besser, die Illusionen wären mir geblieben. Aber natürlich wusste ich, dass die permanenten Enttäuschungen mich letztlich wahrscheinlich noch unglücklicher gemacht hätten. Und dann wären nicht fünf, sondern vielleicht sieben, acht oder neun lange Jahre für immer verronnene Lebenszeit ins Land gegangen, die mir der Bastard auf gewisse Art und Weise unwiederbringlich gestohlen hätte. Schon jetzt war es kaum zu ertragen, fünf Jahre geopfert zu haben. Und es würde niemals eine Fee, eine Hexe, einen Menschen, eine Macht oder sonst irgendwas geben, was diesen Alptraum ungeschehen machen könnte.

Meine Freunde waren mir nicht unwichtig. Trotzdem war für mich klar, dass sie niemals mit einem Partner mithalten könnten und würden. Deswegen und wegen der ganzen Scheiße mit Malte hatte ich es auch zusehends versäumt, meine Kontakte zu pflegen. Ich wusste, unzuverlässig geworden zu sein, Verabredungen nicht einzuhalten, aber dies fand ich alles nicht weiter schlimm, denn es gab ja Malte. Ich war Romantiker und glaubte an die unendliche Liebe, die alles überstrahlte. Jetzt, als mir klar geworden war, die ganze Zeit allein gewesen zu sein, schämte ich mich fast ein wenig, als ich merkte, wie sehr ich jemanden brauchte, bei dem ich mich ausheulen konnte.

Natürlich blieb es nicht aus, mir von meiner Mutter bittere Vorwürfe machen zu lassen. Selbst als sie sich massiv darüber empörte, durch den Zuschuss zur Miete die Drogen mitfinanziert zu haben, konnte ich dem nicht viel entgegensetzen. Das war okay. Ihre Wut war mehr als berechtigt. Immerhin konnte ich froh sein, dass sie sich nicht komplett abwandten. Schuld verspürte ich nicht wirklich. Dafür solch eine immense Scham, dass ich mich kaum noch traute, ihnen in die Augen zu schauen. Ich versuchte gar nicht erst, irgendetwas zu erklären, denn ich wusste, dass sie dies nicht gelten ließen und letztlich gab es auch keinen legitimen Grund, für den Konsum von Heroin so etwas wie Verständnis zu zeigen.

Als mein Vater dann noch meinte, er hätte bei Malte und mir keine gemeinsame Zukunft gesehen, wurde ich zornig. Aber alles war zu traurig und ich war viel zu durcheinander, als dass ich es ihm verübelt hätte, es mir nicht eher gesagt zu haben. Die Kälte in seinen Augen sei es gewesen.

Die Benzos

Als ich entlassen wurde, war ich zutiefst überzeugt, keine Drogen mehr anzurühren. Vor allem Heroin wollte ich meiden, da die dauernden Entzüge zwar nicht unerträglich, aber in der Summe doch verdammt Kräfte zehrend waren. Nicht zuletzt war es jedes Mal ein Risiko, das Zeug zu beschaffen. Zwar glaubte ich, mich ziemlich geschickt dabei anzustellen, dennoch gab es keine hundert prozentige Garantie, nicht doch erwischt zu werden. Nicht zuletzt deswegen, weil die Typen manchmal bis oft eine Ewigkeit brauchten, bis sie ihren Stoff rausgeholt und portioniert hatten. Mal mussten sie suchen, dann fiel ihnen was hin oder es gab Missverständnisse, deren Klärung auch noch mal eine Ewigkeit brauchte.

Kaputt waren die meisten ohnehin, weswegen es ihnen egal sein konnte, erwischt zu werden. Ich aber durchlebte jedes Mal panisches Herzrasen, wobei ich fast abdrehte vor innerer Hochspannung. Also alles lauter Aspekte, die für eine Abstinenz sprachen.

Und doch verspürte ich nach wenigen Wochen erneut den Drang, mir etwas zu suchen, womit man halbwegs risikoarm entspannen könnte. Speed schloss ich als Droge kategorisch aus. Das ging gar nicht! Ein absolutes NO – GO! Da mir mein Schlaf hoch und heilig war, wäre ich bestens beraten, das Zeug strikt zu meiden. Und nicht zuletzt hatte ich auch zu viel Furcht vor Schlaganfällen und Psychosen, als dass ich das noch einmal probierte. Das gerade bei Schwulen sehr populäre GBL war zwar spaßig, doch ich als Raucher hatte immense Angst, davon mit Kippe K.O. zu gehen. Denn so etwas kam meist nicht schleichend, sondern ziemlich abrupt. Und ein abgebranntes Haus, das mir nicht einmal gehörte, brauchte ich wirklich nicht auch noch.

Dass Benzodiazepine ganz nett zum Entspannen waren, wusste ich noch von meinem Aufenthalt auf der Geschlossenen kurz nach meinem Sturzflug. Als ich mich daran erinnerte, wie ich „Tavor" aus dem Medikamentenwagen der Nachtschwester geklaut hatte, musste ich grinsen. Aber eigentlich war es traurig. Denn es war damals, als ich mich selbst zertrümmert hatte, das Einzige, was mich etwas aufheiterte. Zehn Stück hatte ich auf einmal eingeworfen, was mich mindestens 24 Stunden umgehauen hatte. Ich konnte froh sein, nicht rausgeflogen zu sein.

Auf der Suchtstation meinte jemand, am Ludwigsplatz gäbe es auch „Dias". „Dias" stand für „Diazepam" oder besser bekannt als „Valium" und war ein starkes Beruhigungsmittel. Tatsächlich konnte man den Ludwigsplatz auch als Gemischtwarenladen bezeichnen, in dem man alles erhielt. Selbst greise Rentnerinnen hatten da mitunter wenig Hemmungen, ihre Medikamente zu verscherbeln. Einmal war ich Tilidin – Uschi begegnet, die mir für 40 EURO das Hardcore – Schmerzmittel „Valoron" andrehen wollte. Dies sei was ganz Feines. Ich vermutetet, die werte Dame war mindestens 70. Hätte ich die Kohle gehabt, ich hätte es der alten Schranze abgekauft.

Tatsächlich hatte ich das vermeintliche Glück, auf jemanden zu stoßen, der mir anbot, für 20 Euro 25 Pillen abzudrücken. Ich war außer mir vor Freude, denn was ich da erwarb, betrachtete ich als einen ungeheuerlichen Schatz, der wunderbares Relaxen und problemloses Einschlafen versprach. Bestenfalls ahnte ich, dass ich mir etwas vormachte, indem ich die Pillen nicht als Droge, sondern als ein offiziell zugelassenes Präparat betrachtete. Tatsächlich konnte ich von dem Zeug bestens schlafen, gleichwohl wunderte ich mich, dass ich am nächsten Tag ziemlich zertrümmert aussah. Denn neben dem Valium schmiss ich mir noch all die anderen müde machenden Neuroleptika und Antidepressiva ein, die ich mir von Ärzten besorgte, die voneinander nichts wussten. Mit der Optik meiner Fresse stand und fiel letztlich der Tag, weswegen ich dem Schlaf stets so ziemlich alles unterordnete. Daher hatte ich auch während meiner Ausbildung kaum ein Problem damit gehabt, jeden Abend nicht später als 22 Uhr ins Bett zu gehen.

Aber da man Schlaf mit Hygiene und Tabletten nur begünstigen konnte, wollte ich mich dem Traum vom garantierten Schlaf zumindest annähern, indem ich versuchte, soviel abzugreifen wie irgend möglich. Bei Ärzten oder notfalls zweifelhaften Gestalten, die am Bushof rumhingen. „Barbiturate", Uralt – Schlafmittel, mit denen sich reihenweise Leute aktiv selbst in den Tod befördert hatten, waren Schlaf erzwingend, wurden seit mehreren Jahrzehnten – aus guten Gründen - von Ärzten nicht mehr verschrieben.

Erst, als ich einmal zwölf Stunden gepennt hatte und dennoch scheiße aussah, zweifelte ich am Gedanken, es läge an zu wenig Schlaf, sondern daran, dass meine eigenmächtig zusammengesetzten Schlafcocktails mich vergifteten. Inzwischen nahm ich bis zu zehn Tabletten, deren Wechselwirkungen bestimmt nicht einmal ein guter Arzt bewerten konnte. Und an die Dosis hielt ich mich schon längst nicht mehr. Aber da das alles Neuroleptika und Antidepressiva waren, wurde in den Praxen wahrscheinlich nicht so genau hingesehen wie bei Benzodiazepinen.

Als mein Depot an Valium zur Neige ging, fing ich an, die Dosis zu reduzieren, was bis zu einem gewissen Level ganz gut möglich war. Da ich aber nur noch wenig hatte, musste ich schon bald ziemlich drastisch runterbrechen, was nicht ohne Folgen blieb. Fürchterliche Folgen!

Anfangs wurde ich bloß unruhig, aber dann überfielen mich Ängste, die mehr und mehr um sich griffen, wobei ich mich wie im Trance fühlte. Es war furchtbar anstrengend, sich draußen in der Öffentlichkeit zu bewegen. Denn die Reize überfluteten mich in einer solch schier unendlichen Dimension, was mich nicht nur verunsicherte, sondern schon bald massiv verängstigte. Nicht selten war da der horrende Gedanke, verrückt zu werden oder komplett abzudrehen. Es war ein Kampf von Stunde zu Stunde. Fast ausschließlich beschäftigte ich mich mit der Recherche nach der Dauer eines Entzugs von Benzodiazepinen. Teils widersprüchlich waren die Aussagen, wenngleich allen zu entnehmen war, dass dies eine ziemlich lange Angelegenheit wäre, die Ausdauer forderte. Toll!

Beinahe wäre ich bereit gewesen, mir wieder eigenmächtig Nachschub zu besorgen. Aber letztlich hieß es, aufgeschoben, sei nicht aufgehoben! Außerdem brauchte ich einen halbwegs klaren Geist. Denn in drei Wochen standen Klausuren an, die ich unbedingt im ersten Anlauf bestehen wollte. Ein paar Erfolgserlebnisse brauchte ich dringend!

Eine Scheiß Angst, mein Therapeut würde die Therapie abbrechen, wenn ich zugäbe, mir eigenmächtig Zeug besorgt zu haben, quälte mich. Aber ich hing restlos daneben und hatte auch nicht mehr die Kraft, dies zu verbergen. Daher war ich auch unendlich erleichtert, als er mir ganz ohne Vorwurf seine Unterstützung zusicherte.

Dabei war es mir auch komplett egal geworden, dass einige Dinge zusammengekommen waren, die mich an der Therapie störten. Mitunter hatte ich das Gefühl, dass wir in eine ganz falsche Richtung gesteuert waren. Obwohl schon einige Therapiestunden vorbei waren, war ich nicht wirklich überzeugt, weiter gekommen zu sein. Außerdem schleppte ich so viele innere Konflikte mit mir herum, dass ich mich immer öfter fragte, ob eine eher pragmatisch ausgerichtete Verhaltenstherapie überhaupt das Richtige sei. Aber da ich mich mit meinen Eltern weitgehend ausgesöhnt hatte, betrachtete ich es als überflüssig, die alten Zerwürfnisse immer wieder aufs Neue zu thematisieren.

Wenn ich ehrlich zu mir war, musste ich mir eingestehen, dass ich Hemmungen hatte, meine Zweifel offen anzusprechen. Wie bei dem Stück Scheiße halt. Keine tolle Leistung, Manuel! Wie sollte ich lernen, mich in der Welt durchzusetzen, wenn ich es nicht einmal hinbekam, meinem eigenen Therapeuten eine Ansage zu machen?

Dies einzugestehen, fühlte sich nicht gut an, weswegen ich diese Erkenntnis bald darauf zu relativieren begann, indem ich einräumte, kein leichter Fall zu sein. Außerdem konnte ich ihm auch nicht wirklich vorwerfen, keinen Plan zu haben, weil ich jede Woche mit einer neuen Sache ankam, die soeben dabei war, mich aus der Bahn zu werfen.

Und trotz meiner Eskapaden mit den Drogen hatte er mir eine Chance gegeben, was ich ihm hoch anrechnete. Denn von vorn herein lehnte die Mehrzahl der Therapeuten Patienten mit Drogenproblematik rigoros ab.

Das Stück Scheiße, wie ich Malte nur noch nannte, war längst in den Hintergrund getreten, was bereits sehr viel über die Heftigkeit dieses Entzugs aussagte. Lustigerweise war Busfahren das Einzige, was mich etwas beruhigte.

Selbst meine anderen dämpfenden Neuroleptika brachten keine Beruhigung, obwohl ich Unmengen von diesen fraß. Also fuhr ich Kreuz und quer durch die Stadt mit dem Bus, sehnsüchtig darauf wartend, dass der Tag schnell vorbeiginge und die Symptome am nächsten Tag zumindest etwas abgeklungen wären. Waren sie aber nicht.

Ganze 16 lange Tage dauerte es, bis ich frei war von Symptomen. Ungefähr ab dem neunten Tag glaubte ich, eine Besserung zu spüren. Dennoch war es fast unmöglich, dieses hinterhältige Zeug richtig einzuschätzen, denn Symptome wechselten und kamen und gingen abrupt von jetzt auf gleich. Rückblickend musste ich feststellen, dass ich das Abhängigkeitspotential dieser Substanzen völlig falsch eingestuft hatte, weil ich mich dem naiven Glauben hingab,

Medikamente seien keine richtigen Drogen und daher auch nicht wirklich gefährlich.

Die Armut

Eigentlich war ich nach dem ganzen Horror mehr als reif für einen Urlaub, jedoch war finanziell nichts drin. Zudem waren die Semestergebühren fällig. Eigentlich hatte ich gehofft, meine Eltern würden sagen: „Komm Jung, hier hast`e 350 Euro, fahr´ `ne Woche nach Berlin." Doch es kam nichts. Nicht mal neue Schuhe konnte ich mir leisten. Dabei hatte ich gerade mal ein Paar. Einige Tage zuvor war ich einem komischen Vogel begegnet, der mal locker 20 Paar teure Sneaker in seiner Wohnung zur Schau stehen hatte. Das tat wirklich weh. Armut kann wirklich ein ganzes Leben versauen. Schon klar, wer was leistet, soll auch mehr haben. Dennoch verspürte ich auf einmal einen mörderischen Hass auf Leute, die immer Kohle für ein gewisses Extra hatten. Meine Eltern nahm ich da nicht aus. Im letzten Jahr hatte die Kohle gerade mal für einen Trip ins Weserbergland gereicht – was durchaus seinen Reiz gehabt hatte.

Also war Schwänze lutschen angesagt. Überall umsonst war aber selbst das nicht. Sauna war finanziell nicht drin und der Sommer scheiße verregnet, weswegen Outdoor – Cruising zunächst auch ins Wasser fiel. Doch dann erlebte Deutschland doch noch unverhofft ein kleines Sommermärchen, was es möglich machte, nach Köln zu fahren, um sich dort ins Gebüsch zu schlagen. Hier griff ich alles ab, was halbwegs passabel aussah. Zwei oder drei oder wenn ich Glück hatte, auch vier Erfolgserlebnisse, die das Selbstbild zumindest für eine kurze Zeit puschten.

Natürlich schwang auch immer die Hoffnung mit, demjenigen zu begegnen, der das Stück Scheiße nur noch eine hässliche Erinnerung sein ließ. Aber dem war nicht so. Eine Betrübnis, die einen immer mehr zerfraß, obwohl man mich für mein exzellentes Blasen meistens lobte. Im Zielbahnhof angekommen, wartete ich bis alle ausgestiegen waren, um liegen gebliebene Pfandflaschen einzusammeln. Angesichts dessen, dass es augenscheinlich immer mehr Menschen gab, die aus blanker Not heraus auf diese entwürdigende Praxis angewiesen waren und dies in aller Öffentlichkeit taten, schämte ich mich fast, dies klammheimlich zu tun und nicht den Mumm zu haben, dazu zu stehen. Und mit jeder Flasche, die ich fand, wuchs meine Abscheu gegenüber den Menschen, die diese liegen ließen.

Anfangs hatte ich noch große Hemmungen, in einen Mülleimer zu packen. Ekel verspürte ich nicht, Scham dafür umso mehr. Doch da ich am Ende eines jeden Monats blank war, blieb mir oft nichts anderes übrig. Heiko konnte ich nicht jedes Mal fragen, er war schließlich keine Bank! Skrupel vor Prostitution hatte ich nicht. Aber ich tat sicherlich gut daran, es sein zu lassen, weil mir wahrscheinlich wieder bizarre Gedankenkonstrukte um die Ohren geflogen wären.

Trotzig und und bemüht unbeeindruckt schritt ich auf die Mülleimer zu, blickte kurz hinein und griff rein, wenn ´ne Pfandflasche drin war. War es eine Flasche ohne Pfandsymbol, war ich sauer. Von diesen diesen gab es auch noch immer mehr. Anfangs war ich nur bei Dunkelheit unterwegs, später auch tagsüber. Aber dann hatte ich einen gammeligen Kapuzenpulli an, der zumindest ein wenig vom Gesicht verbarg. Ängste überwand man, indem man die Konfrontation suchte. Ob das auch für Scham galt, wusste ich nicht. Zumindest hatte ich das Gefühl, mich zunehmend weniger zu schämen. Aber ich war mir auch nicht sicher, ob ich mir das nur einredete. Nur wenn mir ein hübscher Typ begegnet war, wäre ich am liebsten im Erdboden versunken. Jedenfalls sagte ich mir immer wieder, dass es hart verdientes Geld war und es mir daher gleich sein könne, was unsere

178

Verschwendungsgesellschaft dachte. Ich bettelte ja nicht, sondern tat was für meine Kohle. Außerdem wollte ich ja ohnehin aus Krefeld fort.

Wenn es gut lief, kam ich auf zwei Euro pro Stunde. Lausig wenig war das, beschrieb aber die Dimensionen, in denen ich dachte. Am Hauptbahnhof und im Einkaufszentrum fand man fast immer etwas. Aber das war riskant, weil es verboten war. Am Bahnhof wurde es allenfalls noch geduldet. Nicht selten wurde man überaus unfreundlich aufgefordert, das Areal zu verlassen. Klar, die Leute, die alles im Überfluss hatten, fühlten sich gestört. Aber einmal revidierte ich dann doch meine Meinung über Besserverdienende. Als ich an einem Sommerabend mit kurzer Hose durch die Stadt gestreift war, steckte mir eine gut gekleidete Frau spontan zehn Euro zu, weil sie wohl dachte, ich täte dies aus vermeintlich blanker Not.

Hmmm, und wenn schon alles den Bach runterging, war es auch egal, sich zehn Euro fürs Lutschenlassen zu verlangen. Immerhin war der Typ nicht nur immens fett, sondern auch hässlich und obendrein ziemlich dümmlich. Am Ende bekam ich zwar nur neun Euro, weil er den einen fürs Parken brauchte. Aber wenn ich die restlichen Pfandflaschen zurück brächte, hätte ich die Kohle für den Friseur. Denn solange die Optik stimmte, war es auch zu verschmerzen, dass das Innere längst restlos zusammengebrochen war.

Das Austauschwochenende

Fuck, das war echt nicht mein Jahr. Daher konnte
ich es kaum erwarten, bis das Austausch- und
Vernetzungswochenende der größten deutschen
AIDS - Hilfen im Münsterland begann, für das ich
mich nach zwei Jahren Pause wieder angemeldet
hatte. Die beiden Male, die ich dabei war, hatte ich
wunderbare Momente erlebt und berührende
Begegnungen gemacht. Es war ein
Zusammentreffen voller Wertschätzung und
Respekt, bei dem keiner ausgegrenzt wurde.
Rumgepimmelt wurde natürlich auch, aber im
Vordergrund standen andere Dinge. Unsere
Betreuer kannte ich noch von damals und es ist
nicht übertrieben zu sagen, dass deren Einsatz
und Engagement all jenes überstieg, was man
sich vorstellen konnte. Es waren wirklich die
Besten!

Hätte ich gewusst, wie sich dieses Mal alles
entwickeln würde, ich hätte den größten Bogen
um die Anmeldung gemacht. Es begann schon auf
der Hinfahrt, dass mich dieser wirklich gut
aussehende Typ damit nervte, ständig auf
Sendung sein zu müssen, während ich in
melancholischer Tiefe meinen Gedanken

nachhing. Dort angekommen, fand ich erst mal keinen, der auch wie ich einen Bettnachbarn suchte. Schon beim Eintreffen hatte ich zwanghaft gecheckt, wer und wie viele wie viel besser aussahen und da echt einige Hingucker dabei waren, war das Wochenende für mich schon mehr oder weniger gelaufen.

Wegen des Scheiß Sommers hatte ich kaum Farbe bekommen, mein Bart gefiel mir nicht und die Frisur noch weniger. Und auch der tausendste Blick in den Spiegel konnte nichts daran ändern, dass ich mich für den Moment zwangsläufig so annehmen musste. Konnte ich aber nicht, also versuchte ich zu retten, was zu retten war, indem ich mir den Alkohol komplett verbot. Denn ein aufgeschwemmtes Gesicht wäre nun wirklich der völlige Bankrott. Warum ich vorher nicht einfach auf die Sonnenbank gegangen war, wusste ich selbst nicht. Wäre doch so naheliegend gewesen. Sofern ich ein paar Tage mal Gestopfte statt richtiger Kippen geraucht hätte, wäre dies finanziell drin gewesen. Aber natürlich war es bequemer, mal eben ´ne Packung zu kaufen, anstatt sich hinzusetzen und zu stopfen. Jedenfalls ärgerte ich mich massivst über die verpasste Chance, optisch nicht mehr aus mir gemacht zu haben. Denn das hätte alles so nicht sein müssen. Das Gleiche galt für meine Frisur. Wäre ich nicht so idiotisch dumm gewesen, hätte ich bei meinen Haaren als Kontrast zu oben drauf die Seiten total blank haben können, was echt was hergab, wenn zusätzlich noch die Konturen sauber und präzise herausgearbeitet worden wären.

Während die anderen von Stunde zu Stunde näher zusammenrückten, zueinander fanden oder einfach nur Spaß hatten, mutierte ich mehr und mehr zum Außenseiter, dem es nur noch darum ging, dies zu verbergen. Es tat verdammt weh, keinen Zugang zur Gemeinschaft zu finden, wobei ich wusste, derjenige zu sein, der abnormal verbissen und komplett außer Stande war, sich fallen zu lassen und sich damit alles kaputt machte.

Am Ende war die Isolation auch nur noch zu ertragen, indem ich deren Probleme als lächerliche Luxussorgen wertete, von welchen ich nur träumen könnte, diese zu haben. Tatsächlich wusste ich nicht, ob ich eher zum Kotzen oder Heulen tendierte, als jemand erzählte, ihm falle es schwer, Nähe bei seinem Partner zuzulassen, obwohl dieser alles für ihn tue.

Am Tag der Abreise war ich einfach nur erleichtert, dass der ganze Krampf zu Ende ging, während bei den anderen der Abschied - wie zu erwarten - zumeist emotional ausfiel. Zu Beginn der Veranstaltung war von jedem ein Foto gemacht und dieses mit einem Briefumschlag als Postfach für Botschaften an eine Pinnwand gepappt worden. Tatsächlich hatte ich auch eine Handvoll Nachrichten bekommen, die ich nur sehr ungern zur Kenntnis nahm. Denn mehrmals hieß es darin, es sei schade gewesen, sich nicht länger kennengelernt zu haben. Ja, ich fand es nicht nur schade, sondern einfach nur zum Heulen traurig, die Chance nicht genutzt zu haben, mich einfach fallen zu lassen, sondern mir mit meiner Verkrampftheit das ganze Wochenende versaut hatte.

Ben fragte mich, ob ich wieder in die Gruppe käme. Er war als Betreuer das erste Mal dabei und ich hatte den Eindruck, er wäre mir besonders zugewandt. Mir gefiel seine eher zurückhaltende Art. Und nach dem Stück Scheiße sehnte ich mich ohnehin mehr nach einem Softie, der wahre Zuneigung schenken konnte.

Als wäre alles nicht schon beschämend genug gewesen, machte ich mich auch noch zum Affen, indem ich ihm einen Zettel zusteckte, in welchem ich schrieb, dass ich gern mal mit ihm am Rhein bei Sonnenschein spazieren gehen würde. Tatsächlich glaubte ich, da käme noch etwas. Aber als er nach einer Woche immer noch nicht geantwortet hatte, wusste ich, was Sache war. Er fand mich nett - mehr nicht! Er hatte einen Partner oder wollte mich nicht als Partner. Ab da an ging es nun wirklich nur noch darum, meinen peinlichen Auftritt an diesem dämlichen Vernetzungs - Wochenende so schnell und gut es ging zu vergessen. Es gab nicht einen einzigen Aspekt, der es wert wäre, ihn positiv in Erinnerung zu halten.

Die Demütigung

Fünf Jahre verleugnet zu werden, ist wirklich hart. Aber zusätzlich noch fünf Jahre hintergangen zu werden, übertraf wirklich jegliches Maß an Hinterhältigkeit, das ich mir bis dahin auszumalen vermochte.

Es war ein lausiger Zufall, der es zu Tage brachte. Das Stück Scheiße hatte sich jahrelang mit einem anderen Typen getroffen, von dem es mehr wollte. Sogar angeblich mit seinen Freunden gemeinsam in den Urlaub fahren. Was für eine verlogene Sau! Und was für ein verdammter Idiot du, Manuel! Einmal war das Schwein mit dir Eis essen, wobei du deines auch noch selbst bezahlen durftest! Mir war es später schon fast peinlich, dies zu erzählen.

Ich fühlte mich so elendig erniedrigt. Während er mit dem Typen ein gemeinsames Leben wollte, taugte ich als Schwanzlutscher, der bereitwillig alles mit sich machen ließ. Malte hatte nie die Absicht, sich zu mir zu bekennen. Ich rannte zu seiner Wohnung, um ihm fett in die Fresse zu rotzen. Aber es öffnete keiner. Vielleicht war es auch besser so. Ich wusste es nicht.

Aus dem Heulen kam ich nicht mehr raus und ich konnte mich einzig und allein damit trösten, in unbestimmter Zukunft dem Bastard noch eine zu verpassen. Ununterbrochen musste ich mir das Bild von dem anderen reinziehen. Schön war er, verdammt schön! Schöner als ich!

Runterhungern, um schlankere, härtere Züge zu kriegen. Das war die einzige Möglichkeit, diese Demütigung auszuhalten. Rigoros strich ich alles an Pudding, Chips und Pizza zusammen, was ohnehin nur einen kleinen Teil meiner Ernährung ausmachte. Aus der Drogerie holte ich mir Entwässerungskapseln, wovon ich Unmengen in mich reinstopfte. Meiner Mutter zweigte ich die Schilddrüsenmedikamente ab, mit denen man seinen Stoffwechsel beeinflussen konnte. Zumindest hatte ich das mal gehört. Mehrmals versuchte ich, das Essen wieder auszukotzen, was jedoch der reinste Krampf war. Eine Woche später war ich soweit, dass Heiko erschrak, als er mich am Bahnhof empfing. Ein Umstand, der mir schmeichelte und mich anspornte, weiterzumachen.

Die Rettung ?

Erwerbsminderungsrente! Ein bedingungsloses Grundeinkommen, welches mir vielleicht ermöglichen würde, Kraft zu tanken, um mich neu zu sortieren. In dem, was mein Therapeut da anregte, sah ich die Rettung, an die ich schon lange nicht mehr geglaubt hatte. Das permanente Kämpfen hatte mich müde gemacht und obwohl ich noch einige wichtige Klausuren bestanden hatte, war abzusehen, dass das Studium nicht mehr zu schaffen wäre. Vielleicht wäre es das noch, aber da es rein gar nichts mehr gab, was mich anspornte, glaubte ich zu spüren, dass mir die Ausdauer fehlen würde, ohne Motivation das Studium samt Vorlesungen, Praktika und Klausuren erfolgreich abzuschließen. Jeder Mensch brauchte schließlich irgend etwas, was ihn antrieb. Und wenn es beim Weitermachen nur darum ginge, mich über BAFÖG zu finanzieren, wären das alles Schulden, die ich anhäufte!

Im Moment aber ging gar nichts mehr! Totale Niedergeschlagenheit und Erschöpfung. Ich wusste, zu Trägheit zu neigen, aber hier sah mir das alles mehr nach einer fetten Depression als nach einer vermeintlichen Charakterschwäche aus. Und das war in Ordnung! Schließlich konnte keiner sagen, ich würde mich seit meiner Jugend nicht dauernd mit irgend einer Scheiße herumschlagen.

Klar, vieles war selbst verschuldet. Aber ich war reflektiert genug, als dass ich mir dies nicht selbst dauernd vorwarf. Es von anderen permanent zu hören zu bekommen, machte mich regelrecht aggressiv.

Jeder Mensch lebt nur einmal. Wiedergeboren zu werden, klang zwar schön, musste aber längst noch nicht stimmen. Die Zeit war kostbar, unendlich kostbar, denn sie verrinnt unaufhaltsam. Und wenn ich jetzt eine Pause brauchte, um noch einmal in jüngeren Jahren ansatzweise so was wie einen Hauch von Leichtigkeit zu fühlen, dann war das voll und ganz okay!

Außerdem war bislang weder etwas beantragt, noch bewilligt! Da mein Therapeut der Auffassung war, meine Berentung in jedem Falle durchzukriegen, ging ich fortan nicht mehr zur Uni. Anfangs wollte ich noch die Pflichtveranstaltungen besuchen, um mir eine eventuelle Rückkehr nicht zu verbauen. Doch nachdem ich selbst diese sausen gelassen hatte, war klar, dass ich auch mit meinem zweiten Studium gescheitert war.

Doch es wäre nur ein vorläufiges Scheitern. Aber vielleicht war auch das nur ein Versuch, daran zu glauben, eine neue Chance zu haben, wenn ich den Mut und den Drive hätte, unkonventionelle Wege zu gehen. Doch da es hier um meine finanzielle Absicherung ging, blieb für Wehmut nur wenig Raum.

Mehrere Leute aus meinem Umfeld glaubten nicht, dass mir die Rente so ohne Weiteres bewilligt würde, obwohl mein Therapeut mehrfach beteuert hatte, dies sei so gut wie sicher. Ich fühlte mich plötzlich massiv verunsichert, weswegen ich begann, Überlegungen anzustellen, wie ich am geschicktesten nachhelfen könne. Da Verwahrlosung und Primitivität augenscheinlich immer mehr um sich griffen, konnte man nicht jeden, der irgend ein Leid beklagte, in Rente schicken. Die Antidepressiva vor einer Begutachtung abrupt abzusetzen, wäre eine Option. Nach 12 - jähriger Einnahme bliebe das bestimmt nicht ohne Folgen.

Oder mindestens eine Nacht nicht zu schlafen, um besonders fertig auszusehen, was zumindest unterschwellig die Entscheidung des Arztes beeinflussen dürfte.

Aber selbst wenn sie bewilligt würde, wäre noch längst nicht alles toll.

Fragil war mein Selbstbild ohnehin schon. Und jetzt käme noch der massiv Scham behaftete Umstand hinzu, nicht die Kraft zu haben, seinen Lebensunterhalt selbst bestreiten können. Was wäre, wenn ich doch mal einen smarten Kerl kennenlernen und er mich fragen würde, was ich beruflich mache? Hätte ich den Mut, offen damit umzugehen? Die Behinderung war schon doof genug und jetzt strebte ich die Erwerbsminderungsrente an, von welcher anzunehmen war, dass sie meine Attraktivität nicht wirklich steigern würde.

Aber warum sollte ich mich weiter quälen? Es war ja nicht abzustreiten, dass mich alle Nase lang irgend etwas völlig aus der Bahn warf. Mein Therapeut sagte klipp und klar, ich bekäme jeden Job, weil ich dynamisch und kompetent wirkte - stünde aber jedes Mal nach drei Tagen wieder auf der Straße, wenn man erkannt hätte, wie wenig belastbar ich tatsächlich wäre. Scheinkompetenz halt! Ich war froh, dass er das so deutlich aussprach und somit meine Vermutung bestätigte.

Meine unendliche Sehnsucht, verstanden zu werden, wurde von Tag zu Tag größer. Und doch war ich es immer mehr Leid, mich zu erklären. Aber da ich oft nur die Tapete hatte, die mir zuhörte, war dies auch nicht wirklich schlimm.

Ich hatte mich zunehmend zurückgezogen, weil ich mit der Zeit schmerzlich erkannt hatte, dass man von seinem Umfeld nicht wirklich erwarten konnte, sich ständig mit den inneren Konflikten des anderen zu beschäftigen. Ich selbst hatte dazu ja auch keinen Bock. Mit zweierlei Maß zu messen, hasste ich!

Und wenn keiner da war, der mir zuhörte, ging ich durch die Fußgängerzone, um meine Trübseligkeit nonverbal zur Schau zu tragen. Aber auch das ging nur, wenn ich ausgeschlafen war und glaubte, halbwegs frisch auszusehen. Total affig!

Ich würde mich bemühen, kein weiteres Unheil anzurichten, würde mich so gut es ging um mich kümmern und deswegen auch keine stationäre Betreuung brauchen. Im Gegenzug erwartete ich, mich bitte mit Jobangeboten zu verschonen. Ich hatte einen Abschluss zum Industriekaufmann gemacht, weswegen ich nichts mehr fürchtete, als darauf festgenagelt zu werden. Der Gedanke an digitale Bürokommunikation war der reinste Albtraum.

Ich hatte schlechte Filter und verlor schnell den Überblick. Und so was kann man auch nur begrenzt trainieren. Trancezustände kannte ich noch aus meiner Schulzeit und mitunter erlebte ich sie immer noch, wenn mir alles zu viel wurde. Ich hasste die moderne Reizüberflutung.

Einen Minijob würde ich mir schon suchen. 15 Stunden so ungefähr. Irgend eine stupide Tätigkeit wie Konservenbüchsen einzuräumen.

Der Steuerbetrug sei zehn Mal höher als der Sozialbetrug, hatte ich mal gehört. Vor dem Hintergrund, mich seit 15 Jahren mit massiven Ängsten, übersteigerten Zwangsvorstellungen, chronischer Niedergeschlagenheit, innerer Hochspannung, Trancezuständen, Sucht und kompletter Orientierungslosigkeit herumzuschlagen, fand ich daher nicht wirklich, mich anzustellen, um auf Kosten der Gemeinschaft ein lustig Leben anzustreben.

Meine besten Jahre war ich zu einem Großteil damit beschäftigt gewesen, ums Überleben zu kämpfen. Dies erst mal zu realisieren, war bitter und tat verdammt scheiße weh! Somit war letztlich die Befürchtung, auch noch die kommenden 15 Jahre meines Lebens einer Berufstätigkeit zu opfern, welche sehr wahrscheinlich der reinste

Krampf wäre, der Aspekt, zu sagen: „Ja, ich lasse mich berenten. Es ist okay! Ich habe genug gekämpft und will endlich, endlich anfangen, zu leben." Jeder Mensch lebt nur einmal!

Dass finanziell kein großes Extra mehr drin wäre, war mir klar – auch wenn ich wegen meiner Behinderung noch einen Zuschlag erhielte.

Aber ich war kein materialistischer Mensch, dessen Lebensinhalt im Konsumieren bestand. Die Müsli – Boutique im neuen Einkaufstempel widerte mich dermaßen an, dass ich am liebsten reingegangen wäre und alles kaputt geschlagen hätte. Lächerlich! Der totale Verfall! Mir reichten meine zwei Jeans, ich ging nicht groß aus und meine Brötchen kaufte ich schon seit Jahren nicht mehr in der Bäckerei. Okay, an der ein oder anderen Stelle wäre ich schon gezwungen, mal Verzicht zu leisten.

Aber wenn es für die Grundbedürfnisse langte, war ich zufrieden. Und jede Woche Friseur halt. Dieser war gesetzt. Aber der war auch nicht wirklich teuer.

Der 30. Geburtstag

Das Jahr endete, wie es angefangen hatte: Scheiße! Am 8. Dezember durfte ich meinen 30. Geburtstag erleben, was schon Monate vorher in mir ein Grauen hervorgerufen hatte. Von nun an ginge es konsequent bergab: mit der Vitalität, mit der Jugendlichkeit und überhaupt mit der ganzen Attraktivität. Meine großporige Haut hasste ich mehr denn je, weswegen ich es in immer öfter verfluchte, mit dem Rauchen überhaupt erst angefangen zu haben. Und jetzt im Winter kamen durch die Blässe die ganzen Hautunreinheiten noch mehr zum Vorschein, was mich nur noch mehr ankotzte. Sich mit Selbstbräuner vollzuschmieren, war eine Option, dennoch wagte ich mich daran nur noch mit größter Vorsicht, nachdem ich im letzten Jahr damit verunglückt war und aussah wie ein Kranker mit Leberkrebs im Endstadium. Infolge dessen hatte ich mich fünf Tage nur noch in der Dunkelheit nach draußen gewagt.

Mit meiner Behinderung kam ich immer weniger klar. Früher hatte es noch den Trumpf der Jugendlichkeit gegeben, der diesen vermeintlichen Makel überlagern konnte.

Mittlerweile war ich schon so verbissen, dass ich es zur Doktrin erhob, mich nur noch auszuziehen, wenn ich mindestens einen Tag zuvor nichts getrunken hatte, ausgeschlafen war und Frisur und Bart in Form waren. Zurückweisungen fürchtete ich mitunter derart, dass ich mich beim Sex lieber mit älteren, kräftigeren oder weniger attraktiven Typen einließ.

An diesem Tag wollte ich nur allein sein, vielleicht etwas Heroin ziehen und mit einem Glas Sekt auf mein Scheitern anstoßen. Schließlich hatte ich diese Option dann doch verworfen, um mit Heiko und meinen Eltern in ruhigem, halbwegs entspannten Rahmen zu frühstücken. Ganz schlicht, bloß keine große Feier, denn es gab nichts zu feiern!

Nun, immerhin hatte ich es geschafft, nicht in der Psychiatrie diesen Tag begehen zu müssen. Mit Bestürzung stellte ich fest, wie präsent mir mein 20. auf der Geschlossenen war, wobei mich der Umstand, so vieles innerhalb dieser zehn Jahre nicht erreicht zu haben, völlig deprimierte. Schon annähernd 15 Jahre tröstete ich mich, indem ich versuchte, mir einzureden, meine Zeit käme irgendwann. Ja, das Flüchten in Traumwelten war schon fast permanent die einzige Möglichkeit, das jämmerliche Dasein zu ertragen. Mit 30 fragte ich mich dann auf einmal, wie lange ich mir das alles noch einreden wolle, wobei ich nicht ausschloss, mit 75 wahrscheinlich noch immer so zu denken und darauf zu hoffen, mit 95 gelänge mein großer Durchbruch. Ziemlich bizarr!

Am schlimmsten dabei war diese „Ein – bisschen - Identität", tausend Fragmente, nichts Halbes und nichts Ganzes! Ein bisschen Student, aber momentan nicht an der Uni; ein bisschen umher streunender Straßenjunge, aber kein kaputter Stricher; ein bisschen Konsument, jedoch nicht wirklich chronisch abhängig; ein bisschen Psycho, trotzdem kein Schizophrener in der Klapse; ein bisschen behindert, aber im Alltag nicht wirklich eingeschränkt; ein bisschen schwul, jedoch weder Tunte noch Kerl!

Schuld daran war nicht zuletzt die Entwicklung der Gesellschaft! Ich hasste unseren Zeitgeist! In einer Welt der Beliebigkeit, in der ein Tabu nach dem anderen wegbrach, vermisste ich die Orientierung von Tag zu Tag mehr. Stattdessen sah alle Welt das Heil im kompletten Digitalisieren aller Sphären, das mit manischer Besessenheit betrieben wurde. Kein bisschen Beständigkeit. Kaum hatte man sich mit einer Sache vertraut gemacht, wurde alles wieder über den Haufen geworfen und durch etwas vermeintlich Besseres ersetzt.

Natürlich wünschte ich mir als Schwuler nicht wirklich die Adenauer – Ära mit all ihrer Miefigkeit zurück. Die 1980er hingegen stellte ich mir klasse vor. Da hatte man als unterdrückte Minderheit wenigstens noch ein gemeinsames Feindbild, wogegen man aufbegehren konnte. Aber heute? In der Fußgängerzone für Aufregung zu sorgen, war wirklich einmal leichter. Während es früher an Möglichkeiten nur so mangelte, hatten wir diese heute im Überfluss. Letztlich hatte ich immer größere Sorge, etwas zu versäumen, weil ich keinen Plan hatte, wo ich überhaupt anfangen soll. Dabei wünschte ich mir nichts sehnlicher als einen radikalen Umbruch in meinem Leben, eine komplette Wende, wobei ich immer öfter feststellte, dass ich es kaum hinbekam, selbst im Kleinen Veränderungen herbeizuführen. Mitunter war ich schon vormittags erschöpft, obwohl ich gut und ausreichend geschlafen hatte.

Und ich war inkonsequent. Während ich um neun Uhr morgens beschlossen hatte, mich noch einmal bei einem alten Kumpel zu melden, schwor ich mir zwei Stunden später, diesem Verräter nie wieder eine Chance zu geben. Denn auch wenn ich mich noch so unendlich einsam fühlte, gäbe es keinen Anlass, seinen - aus meinen Augen grundlosen - abrupten Kontaktabbruch zu verzeihen. Oder ich war so von Scham durchflutet, weil mir meine tausend Pleiten, Schwächen und Defizite alle auf einmal bewusst wurden, nur um kurze Zeit darauf unendlich fasziniert von mir zu sein und nicht verstand, warum ich noch nicht entdeckt worden war.

Weihnachten

Wenn ich in absehbarer Zeit keinen Partner fände, sähe meine Zukunft verdammt düster aus. Denn einen alternden, frustrierten, behinderten Mann mit wenig Kohle würden die wenigsten haben wollen. Meine Familie war klein, alt und krank, weswegen ich die Einsamkeit mehr denn je fürchtete. Obwohl wir einen wirklich sehr schönen Weihnachtsmarkt hatten, hatte ich wenig Lust, diesen zu besuchen. Die ganzen glücklichen Pärchen musste ich mir nicht auch noch reinziehen.

Heiligabend verlebten meine Eltern, meine Schwester und ich ohne, dass wir uns beleidigten, bekriegten und oder bespuckten. Mir ging es nicht gut und es ärgerte mich, dass sich unsere Kommunikation lediglich auf oberflächliches Geplänkel beschränkte. Dabei war es meiner Mutter schon gelungen, eine stimmungsvolle Atmosphäre zu schaffen. Wie immer brannten in jeder Ecke etliche Kerzen, der recht kleine, wirklich schön gewachsene Weihnachtsbaum war liebevoll, nicht überladen geschmückt und es tat gut, mal aus meinen paar Quadratmetern rauszukommen.

Es war nicht meine Absicht, Streit zu suchen, gleichwohl gab ich mir wenig Mühe, meine Enttäuschung darüber zu verbergen. Ich schaute verbittert, was gar nicht einmal aufgesetzt war, und sprach auch sonst nur das absolut Nötige. Für große Geschenke war nicht viel Kohle übrig geblieben, was mich ärgerte. Denn eigentlich hätte ich besser mit dem Geld hinkommen müssen, wenn ich konsequenter bei Zigaretten und Pornokino gespart hätte. Also machte ich das Beste draus, indem ich etwas Unkonventionelles suchte, wovon ich hoffte, es würde ihnen Freude bereiten. An materiellen Dingen mangelte es zu Hause ohnehin nicht. Ich ahnte, dass meine Schwester teurere Geschenke anschleppen würde, aber das war mir egal geworden. Wir hatten uns sowieso nichts zu sagen!

Sie hätte bald ihre Ausbildung zur Speditionskauffrau abgeschlossen. Obwohl sie fast nur Ausbeutung erfahren hatte, zog sie ihr Ding konsequent durch, ohne abzubrechen. Dies beeindruckte mich schon sehr. Aber trotzdem kam ich mir nicht weniger wert vor, weil ich in Anbetracht meines Kontextes lernen musste und gelernt hatte, dass Leistung nichts über den Wert eines Menschen aussagte.

Allein

Während das Jahr dem Ende entgegen steuerte, versank ich in immer tieferen Löchern. Mittlerweile tat nicht nur jedes Pärchen weh, dem ich begegnete, sondern auch jede Flasche Sekt, die aufs Kassenband gelegt wurde. Denn damit verband ich spaßige, ausgelassene Partys, bei denen jeder gut drauf wäre, während Manuel mal wieder von niemandem gefragt worden war, was er Silvester mache.

Vor zehn Jahren hatte ich mit Thomas in den Raketenhimmel über Köln geschaut, mir nichts sehnlicher gewünscht, als mit diesem Mann Unbeschwertheit erleben zu dürfen, wobei mir jedoch schon dämmerte, dass mir dieser Wunsch verwehrt bliebe. 29 Tage später war ich zertrümmert. Thomas lebte später woanders mit seinem Freund zusammen. Vor einem Jahr ging ich bereits um 22 Uhr ins Bett, weil das Stück Scheiße angekündigt hatte, es würde sein Profil im Schwulen - Chat löschen und da ich den Idioten nicht erreichen und fragen konnte, was los sei, war ich mal wieder am Boden zerstört. Denn ich vermutete nichts Gutes.

Warum sollte ich an diesem Tag leiden, während alle Welt groß Party machte? Ein schlechtes Gewissen hatte ich daher nicht wirklich. Vielmehr war ich im Stande, dafür zu sorgen, dass es mir gut ging. Der Entzug würde schon nicht so dramatisch, schließlich war es lange her, dass ich das letzte Mal was genommen hatte.

Gegen 16 Uhr zog ich die erste Nase und war erleichtert gewesen, als nach fünf Minuten begann, eine glücklich – dämpfende Wirkung einzusetzen, die sich innerhalb der nächsten halben Stunde noch intensivierte. Es war nie ganz auszuschließen, dass man Schrott bekam, wenngleich das eher die Ausnahme war. Happy und zufrieden blickte ich den nächsten Stunden entgegen, ganz im Bewusstsein, guten und ausreichend Stoff zu haben.

Sechs Stunden später war die Benommenheit soweit fortgeschritten, dass ich begann, leicht zusammenzusacken. Mich selbst hatte ich verpflichtet, die Kontrolle über mich zu bewahren, weswegen das ab da an ein Signal war, eine Pause einzulegen. Schließlich wäre es fatal, mit brennender Kippe einzuschlafen. Letztlich war ich kognitiv noch intakt genug, zu beschließen, die restliche Nacht gar nicht mehr zu rauchen. Später wurde mir auch noch kotzübel, wobei ich trotzdem nicht in der Lage war, mich zu übergeben.

Scheiß Rumkrüppelei

Das neue Jahr startete mit der ambulanten Suchtrehabilitation, die von der Rentenversicherung bewilligt worden war. Drogen und Medikamentenmissbrauch waren strikt verboten. Rückfälle mussten umgehend thematisiert werden. Darüber hinaus konnten Urin - Kontrollen unangekündigt eingefordert werden. Strenge Regeln!

Meine Bezugstherapeutin war klasse. Herzlich, mitfühlend, aber dennoch hart in der Sache. Ich war froh, jemanden zu haben, der sich meiner hunderttausend innerer Konflikte annahm.

Mein eigentlicher Therapeut taugte für die Rente - zu mehr auch nicht. Immer mehr widerstrebte es mir, überhaupt noch hinzugehen. Meine anfängliche Begeisterung ihm gegenüber war restlos dahin. Aber nicht nur das! Mittlerweile verübelte ich es ihm, in Sachen bezüglich Herrn Scheiße in eine Richtung gesteuert zu sein, die mir übel aufstieß. In bizarren Videos, die ich ihm zukommen ließ, hatte ich mir einen Neuanfang gewünscht, ja, wenn nicht sogar darum gebettelt. Zwar war der Impuls von mir gekommen, gleichwohl bestärkte mich mein Therapeut in dieser restlos bescheuerten Sache. Beschämend angesichts der Tatsache, was Malte mir angetan hatte.

Vom Heroin hatte ich mich dann auch mit Überzeugung abgewandt. Trotzdem ließ ich es mir nicht nehmen, Benzos abzustauben, wenn sich die Möglichkeit auftat. Und eine Möglichkeit tat sich auf!

Mein Stumpf war inzwischen chronisch entzündet. Als ich zum wiederholten Mal die Notaufnahme aufsuchte, weil sich die Entzündung drastisch verschlimmert hatte, gab ich in voller Dreistigkeit an, „Tavor" zu nehmen, als ich nach Medikamenten gefragt wurde, die ich regelmäßig einnahm. Nachdem ich am nächsten Tag operiert worden war, versüßte ich mir dann den Krankenhausaufenthalt mit Lorazepam, welches ich ohne weiteres bekam.

Meiner Bezugstherapeutin erzählte ich nichts davon. Da sie die Haltung hatte, den Leuten einen Vertrauensvorschuss zu gewähren, kam ich mir dann doch ziemlich schlecht vor. Doch da ich ein Höllenjahr hinter mir gehabt hatte, fand ich es legitim, mal ein paar Stunden mit „Tavor" zu chillen. Obwohl ich mich noch bestens an den teuflischen Benzo - Entzug erinnerte, glaubte ich, dass bei drei oder vier Tagen keine Entzugserscheinungen aufträten. Tatsächlich hatte ich auch das Glück, davon verschont zu bleiben.

Mehr oder weniger ließ ich es mir auch nicht nehmen, in der Gruppentherapie raushängen zu lassen, es niemals soweit kommen zu lassen, mir auf der Abstinenz einen runterzuholen.

Erst war die Depression gewesen, dann kam die Sucht. War es da nicht naheliegend, sich der chronischen Niedergeschlagenheit anzunehmen, als ununterbrochen von Rückfallprophylaxe zu labern? Zwischenzeitlich war ich von dem ganzen Gesabbel über Abstinenz, die zum absoluten Fetisch erhoben wurde, restlos genervt.

Meine Wunde am Stumpf kam nicht zur Ruhe. Zig mal war die Wundhöhle mit Wundwasser vollgelaufen, mehrfach musste punktiert werden, dann hatte ich auch noch zu früh belastet. Im Kontext dessen konnte ich meine Prothese für lange Zeit nicht mehr tragen. Ich hatte es mehrmals probiert, aber es schmerzte immens, sodass ich das Ding wieder in die Ecke stellen konnte, in der es immer mehr verstaubte.

Das Laufen mit Krücken fuckte mich inzwischen gänzlich ab. Ich hatte mir einen Sommer des Aufschwungs ersehnt. Ich sah mich mit perfektem Gang, in sexy kurzer Hose braun gebrannt am Rhein entlanglaufen. Stattdessen krüppelte ich hier in Krefeld rum. Dem ganzen Trauerspiel wollte ich zumindest noch etwas Dynamik verpassen, indem ich meine Brust rausstreckte und den Kopf anhob.

Ich wollte nach Köln, rumpimmeln, Leute kennen lernen, aber mit Krücken konnte ich mir das mehr oder weniger in die Haare schmieren. Und mein Ellenbogengelenk tat scheiße weh. Vom Sturz war dieses nämlich restlos ruiniert. Nicht mal Liegestütze konnte ich machen. Und da die Wunde immer noch siffte, war Sexualität auch nicht drin. Wen hätte ich damit schon beglücken können? Eine Zurückweisung hätte mir gänzlich den Rest gegeben.

Aber es gab ja noch Schokolade, Gummizeug, Schaumküsse, Prinzenrolle, Kekse und Eiscreme. Infolge der massiven Widrigkeiten verschaffte ich mir zumindest für eine Stunde Freude, indem ich alles hemmungslos in mich reinstopfte, was ich mir bislang strikt verboten hatte. Manchmal hörte ich dazu meine alten TKKG – Kassetten. Selbst das alles auszukotzen, klappte auf einmal ganz gut. Auch ohne ominöse Chemikalien.

Ein paar Tage zuvor wurde ich im Klinikum medizinisch überwacht, nachdem ich mir Kupfersulfat besorgt hatte, was nach der Einnahme einen sofortigen Brechreiz ausgelöst hatte, der so drastisch war, zu meinen, innerlich verätzt zu werden. Das Zeug war zwar nicht tödlich giftig, aber kam schon seit Jahrzehnten aus wohl guten Gründen nicht mehr zum Einsatz, weil es doch massiv gesundheitsschädlich war. Dabei waren es wunderschöne kornblumenblaue Kristalle, von denen man nicht mal im Ansatz vermuten konnte, dass es das mit Abstand widerwärtigste Zeug unter der Sonne war. Anfangs war ich begeistert, das Mittel problemlos in meiner Apotheke bestellen zu können. Doch nach diesem blamabel – bizarren Absturz hätte ich es dem Inhaber am liebsten gegen den Kopf geknallt. Dieser hatte nicht einmal gefragt, was ich damit vorhatte.

Mit der Zeit hatte ich die Tricks raus, wie ich dies noch alles optimieren konnte. Eis ging am besten. Kekse dagegen waren eher krampfig. Fleisch kotzte ich nicht aus. Dies hätte ich pervers gefunden. Fürs Klo sollte schließlich kein Tier sterben! Um überblicken zu können, wie viel ich noch im Magen hatte, erbrach ich nicht in die Toilette, sondern erst einmal in meinen 5 – Liter – Putzeimer.

Nicht selten hatte ich am nächsten Tag fieses Sodbrennen, aber dieses hielt mich nicht davon ab, weiterzufressen. Selbst eine Verabredung mit einem alten Freund, den ich lange nicht gesehen hatte, sagte ich ab, weil mir Schokolade, Pudding und Fertigkuchen wichtiger waren! Mein Gott, Manuel, wie krank! Ja, das wusste ich, aber es sollte ja auch nicht dauerhaft sein!

Mit Krücken war das Einkaufen der totale Krampf. Aber mit der Zeit kam die Übung. Nur das Bezahlen war Horror. Nicht selten flogen die Krücken hin oder ich meinte, mich beim Einpacken abhetzen zu müssen, weil ich fürchtete, der Kunde nach mir würde genervt sein, wenn ich zu langsam wäre. Inzwischen bemitleideten mich die Kassiererinnen, von denen später einige meinten, sie bewunderten, wie taff ich wäre. Das war dann doch mal echt nice!

Aber die ganze Scheiße war teuer. Verdammt teuer! Das Fressen dieses Ausmaßes fraß Geld, das ich nicht hatte. Manchmal zahlte ich mit Karte, wenn ich wusste, dass kein PIN abgefragt wurde, obgleich mein Konto leer war. Und natürlich war es die totale Selbsterniedrigung. Hätte ich stattdessen ´nen Typen gefickt, hätte ich wenigstens noch mein Ego puschen können. Aber `nen Sex - Club aufzusuchen, war mit Krücken halt nicht wirklich drin.

Zumindest verstieß ich nicht gegen die Regeln der Suchttherapie. Denn ich missbrauchte ja schließlich keine Substanzen, die berauschten. Typischer Fall einer Suchtverlagerung. Hörst mit dem einen auf, fängst mit dem nächsten an. Benzos nahm ich trotzdem weiter. Natürlich war da jedes Mal die Angst, einen Nachweis erbringen zu müssen, clean zu sein. Denn um jeden Preis wollte ich die Rente durchkriegen. Daher war es kein ungefährliches Spiel, das ich da trieb. Schließlich galt ja seit jeher Rehabilitation vor Rente. Keine Ahnung, was passiert wäre, wenn ich aus der Suchtrehabilitation rausgeflogen wäre.

Von Tag zu Tag kotze mich das Laufen mit Krücken mehr an. Mitunter war ich richtig agro drauf. Von einem Typen, den ich kennengelernt hatte, erfuhr ich den Namen eines Arztes, der alles verschrieb. Natürlich war ich am nächsten Tag sofort da.

In einem gammeligen Hinterhof lag die Praxis, die ziemlich runtergekommen war. Junkies kamen und gingen. Der Arzt war in der Sache echt fit, aber auf gewisse Weise dann doch irgendwie nicht mehr ganz intakt. Die schäbige Einkaufstüte, mit der er seine Praxis betrat, harmonierte bestens mit dem verlotterten Erscheinungsbild, das er abgab. Das Ganze war alles ziemlich bizarr. Nicht nur, weil Herr Doktor erst um 13 Uhr in seine Praxis kam, während die Arzthelferinnen mehr oder weniger unbeschäftigt seit morgens dort abhingen. Wenn er gar überhaupt noch welche hatte. Phasenweise musste er ganz allein seine Praxis schmeißen, weil die gerade frisch eingearbeitete Helferin nach nicht einmal zwei Wochen schreiend weggelaufen war. Vormittags türmten sich dort die Krankmeldungen, die in weniger als fünf Minuten unterschrieben wurden, wenn Herr Dr. Trümmers dann endlich mal kam. Wer krank war, müsse nicht zum Arzt, hieß es seinerseits. Wahrscheinlich waren nicht weniger als neunzig Prozent wirklich krank. Viele Patienten kannte ich vom Bushof, wo sie ihre Medikamente vertickten, die sie von Trümmers erhielten. Mehrmals hatten die Behörden versucht, den Laden dicht zu machen. Aber da Herr Trümmers doch ziemlich raffiniert war, hatte er daraufhin eine Unterschriftenaktion gestartet, die dieses Vorhaben zu Fall brachte. Denn natürlich hatte jeder Junkie, jeder Drogenabhängige und jeder

Medikamentensüchtige aus einem weiten Umkreis ihn dabei unterstützt.

Von meinen Schmerzen im Ellenbogen erzählte ich, die unerträglich seien. Manchmal tat der zwar weh, aber es war trotzdem auszuhalten. Um nicht mit „Ibuprofen" oder „Novalgin" abgespeist zu werden, sagte ich, ich vertrüge diese nicht, bekäme davon Magenkrämpfe. Zwangsläufig gäbe es somit nur ein Opioid – Schmerzmittel, das in in Frage käme. Und so bekam ich tatsächlich das, was ich wollte: „Tilidin" ! Und gleich `ne 100er – Packung. Früher musste ich mir dieses Hardcore – Schmerzmittel am Bahnhof besorgen, was riskant war. Jetzt bekam ich es nachgeschmissen. Krass!

Die Schlechtigkeit

Infolge eines hässlichen Zerwürfnisses wandte sich meine Mutter abrupt von mir ab. Dabei war der Umstand banal. Ich vermutete, sie schämte sich meiner. Natürlich war nicht zu leugnen, dass sich seit Jahren Panne an Niederlage an Peinlichkeit reihte. Aber es gab eben auch etliche Sachen, für die ich nicht wirklich was konnte. Daher war das nicht fair. Und es tat scheiße weh. Tagelang heulte ich und hatte daher auch keine Skrupel, mir eine „Tilidin" nach der anderen einzuwerfen. Nachdem ich meinen ganzen Mut zusammen genommen und sie aus dem Impuls angerufen hatte, meinte sie, ich täte ihr nicht gut. Meinetwegen hätte sie Magenkrämpfe bekommen. Aber dass sie nach meiner zweiten OP nicht an meinem Krankenbett saß, tat verdammt weh, was ich ihr nicht nur massiv, sondern massivst verübelte. Phasenweise empfand ich totalen Hass. Eigentlich hatten wir uns vor Jahren versöhnt und ich hatte es dann auch konsequent vermieden, ihr irgendetwas vorzuhalten.

Meine Bezugstherapeutin meinte, sie wolle sich schützen. Nur in wenigen Momenten hatte ich das genauso gesehen. Vielmehr wurde ich zunehmend überzeugter, dass sie ein schlechter Mensch war, der es nicht ertragen konnte, dass der Sohn keinen Erfolg im Beruf und noch kein Haus gebaut hatte. Es war eine hässliche Erkenntnis, die ich so gut es eben ging, bei Seite schob.

Ein übler Konflikt mit meinem Betreuer rundete das ganze Elend noch ab. Seit zwei Jahren gerieten wir immer öfter aneinander. Ich erkannte ihn kaum noch wieder, stand erst mal total neben mir und wollte ihn vorerst auch überhaupt nicht mehr sehen. Dabei war er es zu einem beträchtlichen Teil, der sich meiner annahm, als ich ganz unten war und mich mit übergroßem Engagement wieder aufgebaut hatte.

Ich konnte nur vermuten, dass es an meiner Drogenproblematik lag. Jedenfalls mied ich ihn fortan so gut es ging. Den Rentenantrag hatten wir bereits gemeinsam eingereicht. Da nach etlichen Wochen immer noch kein Bescheid vorlag, versuchte ich auf eigene Faust, zu klären, was nun Sache wäre. Weitergekommen war ich aber nicht wirklich, was mich ärgerte und noch zusätzlich belastete.

Doch immerhin war es mir gelungen, allein den Hartz 4 – Antrag zu stellen, die benötigten Dokumente zusammenzutragen und meine Lebenslage zu schildern. Dank einer überaus freundlichen und wohlwollenden Fallmanagerin wurden mir auch keine Steine in den Weg gelegt. Zuvor war ich äußerst skeptisch gewesen, weil es ja nicht selten vorkam, dass das Arbeitsamt wegen aus der Luft gegriffener Gründe einem die Leistung vorenthielt. Oder es arbeitete schlampig, sodass Leute, die um ihre Existenz bangten, plötzlich ohne alles dastanden. Doch das war nicht der Fall, das Geld wurde rechtzeitig in voller Höhe bewilligt. Einzige Verpflichtung bestand darin, für meine Stabilität Sorge zu tragen. Das war doch mal was! Ein Erfolgserlebnis, das meine mangelnde Selbstwirksamkeitserfahrung enorm puschte.

Arndt

Ja der Arndt. Seit elf Jahren kannten wir uns. Mittlerweile waren wir beide gleichermaßen stolz auf die Beständigkeit dieser Beziehung. Als ich mich vor elf Jahren als Lustbengel mit Krücken vors Haus meiner Eltern gestellt hatte, war Arndt einer dieser Typen gewesen, die mich mit ihrem Wagen einsammelten. Meinetwegen hätten wir auch in mein Zimmer gehen können. Aber ich hatte nicht einmal gewagt, zu fragen, ob dies nicht ginge.

Als mich Arndt abgecheckt hatte – und ich ihn natürlich – war da eine gewisse Erleichterung, als wir fühlten, dass es stimmig war. Einen zweiten, der meinte, ich mutete wie ein Pflegefall an, brauchte ich nun nicht wirklich.

Also fuhren wir am späten Abend auf einen entlegenen Parkplatz im tiefsten Walde. Und nachdem wir uns beide zufriedenstellend vergnügt hatten, beschlossen wir, in Kontakt zu bleiben. Meistens war sowas leeres Geplänkel, aber ich glaubte, dass er es ernst meinte.

Als ich endlich meine eigene Bude hatte, war es möglich, uns mal so richtig auszutoben und uns näher kennenzulernen.

Mit der Zeit begannen wir nach dem Rumpimmeln damit, sehr zurückhaltend Zärtlichkeiten auszutauschen. Das war also mehr als lieblose Fickerei. Arndt gefiel mir gut. Und ich glaubte, auch umgekehrt. Außerdem hatte er all jenes, was ich schätzte! Smart, selbstsicher, solide! Er stand mit beiden Beinen voll und ganz im Leben, hatte einen festen Job, machte hier und da Sport, genoss seine sexuellen Abenteuer und sah auch noch verdammt gut aus. Tuntiges Schwuchtel - Gehabe ging gar nicht bei Arndt. Nun, ich hatte es mir nicht auf die Stirn geschrieben, wenngleich ich es mochte, wenn es etwas durchschimmerte.

Seltsamerweise hatte ich den Eindruck gewonnen, dass er mit der Alterung immer attraktiver wurde. Ich glaubte, er hatte markantere Gesichtskonturen bekommen. Er meinte selbst, dies hätten ihm schon andere bestätigt.

Vollmondgesichter gingen ja mal gar nicht. Ich selbst tat ja wirklich auch alles dafür, Wangenknochen zu bekommen, die sich abmalten. Sogar mich mit Kupfersulfat zu vergiften.

Mehrmals fragte ich mich, ob ich es nicht wagen sollte, mich auf ihn einzulassen. Doch waren meine Gefühle stark genug? Eine starke Zuneigung ihm gegenüber zu empfinden, spürte ich deutlich, sehr deutlich.

Aber Thomas nahm immer noch zu viel Raum ein, als dass es mir gelungen wäre, mich auf jemand Neues einzulassen. Mehrmals hatte Arndt erwähnt, er verspüre den Drang, endlich anzukommen. Verständlich.

Mit 20 war es natürlich möglich, spontan einmal eine Beziehung einzugehen, die aus Lust und Laune hervorging. Doch wenn man aber mit über 40 noch jahrelang Zeit, Geld und Gefühle in jemanden investiert, bei dem man nach Jahren feststellen würde, dass es doch nicht der Typ war, mit dem man alt werden wollte, war das bitter. Immens bitter!

Die Schwule Szene war hart. Wenn Jugend und Schönheit verfallen waren, ohne jemanden an seiner Seite zu haben, war man ziemlich arm dran. Hatte man Kohle, hätte man noch auf ´n Stricher zurückgreifen können.

Ich sah das genauso, wobei ich noch einige Jahre jünger war.

Nach einigen Jahren waren wir an einem Punkt angelangt, wo man sagen konnte, sich blindlings zu vertrauen.

Bezüglich der Amputation hatte ich stets die Story von einem schweren Autounfall erzählt. Ich wollte nicht als „Psycho" abgestempelt und infolge dessen gemieden werden, weswegen ich mit der psychischen Instabilität, dem Sturz, meinen hunderttausend Problemen erst nach und nach rausrückte. Ich stand ziemlich am Anfang – sozial gehemmt, unsicher und komplett orientierungslos.

Arndt wandte sich nicht ab. Schließlich war ich keiner, der andere verfolgte oder belästigte, Krawall machte, aggressiv war, Stimmen hörte oder sich von Schneewittchen oder der Mutter Gottes verfolgt fühlte.

Auch aus der Sache mit HIV machte ich kein Geheimnis mehr, weil ich Arndt eben uneingeschränkt vertraute. Krefeld war ein Kaff, in dem die Schwulen sich fast alle gegenseitig kannten, weswegen ich sehr darauf achtete, was ich wem erzählte.

Mitunter waren da noch unterschwellig verzerrte Befürchtungen, dass etwas gegen mich verwandt werden könnte, wenn ich nicht aufpasste. Daher vergötterte ich Berlin. Millionenstadt mit Millionen von Touristen. Die dortige Anonymität liebte ich, weil sie mir Schutz bot.

Aber irgendwann begann ich zaghaft damit, endlich aufzuhören, mich davon abhängig zu machen, was andere sagten und dachten. Aber das war ein immens langer Prozess, der Jahre brauchte, bis man solch eine Haltung hatte und soviel Selbstvertrauen und Unabhängigkeit entwickelt hatte und diese auch ausstrahlte. Dabei mahnte ein Kumpel immer, mich zu fragen, was ich von den anderen hätte – nämlich nichts, gar nichts, überhaupt nichts!

Nun, immerhin gab es auch Phasen und Begebenheiten, bei denen ich mich nicht schämte. Überhaupt nicht schämte. War ich gut drauf, sah gut aus, lachte ich und rief „Fickt euch!" Aber das war eben eher selten der Fall. Angst vor Beschämung war ein Aspekt, mit dem ich nur allzu oft haderte und mich manchmal total behinderte. Mit meiner körperlichen Behinderung kam ich klar, derer schämte ich mich auch nicht, obgleich ich fürchtete, dass mit zunehmender Alterung dies noch ein wunder Punkt werden könnte, wenn nicht gar würde.

Dabei könnte man sich eigentlich in die Fußgängerzone stellen und onanieren, ohne dass irgendjemand Anstoß daran nähme. Wir waren hier schließlich nicht bei Resi auf der Alm. Schwule, Tunten, Behinderte, Krüppel, Ausländer, Bettler, Obdachlose, Skins, Ökos, Rauschgiftsüchtige, Kriminelle, Nazis, Linke, Burkas, Zeugen Jehovas, Flaschensammler. Die Einheitsgesellschaft war dahin. Stattdessen primitive Beliebigkeit, wo jeder machen konnte, was er wollte. Außerdem war jeder mit sich selbst beschäftigt, krankhaft auf sich selbt fixiert und die ganze Zeit auf sein Smartphoene starrend.

Arndt und und ich machten mittlerweile auch Aktionen außerhalb meines Bettes, die ich immens genoss. Weihnachtsmarkt, Cocktails, Schwimmen, Sauna und einmal Silvester, wo ich restlos abgestürzt war. Naja, musste auch mal sein! Inzwischen waren wir verdammt gute Freunde geworden, die gegenseitig eine enge Verbundenheit fühlten. Obwohl der Kontakt zwischenzeitlich abzubrechen drohte, weil wir beide Beziehungsanbahnungsversuche machten, fanden wir später wieder sehr schnell zusammen.

Vielleicht wären wir beide zusammengekommen, wenn Herr Scheiße nicht über mich hergefallen wäre. Obwohl der Typ mich nur verarschte, verleugnete und hinterging, war ich außer Stande, einen radikalen Cut zu machen. Dann hatte ich die Feststellung gemacht, dass auch ich inzwischen 20 - jährigen viel abgewinnen konnte. Bislang war es immer der 15 Jahre ältere Beschützer gewesen, den ich überall Tag und Nacht suchte.

Die krankhafte Konstellation zwischen Malte und mir hatte bitter, böse und hässlich geendet. Als ich nach meiner Entgiftung total deprimiert voll innerer Leere in ein absolutes Nichts taumelte, bot Arndt mir spontan an, drei Tage nach Holland an die Küste zu fahren.

Holland mochte ich nicht. Aber es wäre jetzt toll, einen wie Arndt an meiner Seite zu wissen. Freundschaften zu pflegen, hatte ich ja zunehmend vernachlässigt. Denn es gab ja Malte. Umso mehr verspürte ich Dankbarkeit dafür, dass Arndt diesen Trip mit mir machen wollte.

Die Unterkunft war nicht nur unvorstellbar schäbig, sondern regelrecht baufällig. Aber auch das war egal. Drei Tage stünde sie bestimmt noch, ehe sie zusammenbrechen würde.

Kilometerlang liefen wir am Strand entlang, lachten, streckten unser Gesicht in die Frühjahrssonne, redeten, schwiegen, hielten nach schönen Steinen Ausschau, sprachen über bestimmte Aspekte sehr ernsthaft und mokierten uns über bizarre Vorkommnisse bei Arndts Arbeit.

Als ich zu Hause zwischenzeitlich Flaschen gesammelt hatte, weil ich mal wieder komplett abgebrannt war, wollte ich Heiko stolz meine Ausbeute von immerhin 3,15 EURO zeigen. Dummerweise hatte ich mich vertippt und das Bild mit dem Berg gesammelter Bierflaschen Arndt geschickt. Ich schämte mich massivst.

Als ich nach der bizarren Kupfersulfat – Aktion in der Klinik lag, war Arndt wohl auch deswegen spontan mit einem riesigen Obstkorb voll makelloser Früchte vorbeigekommen, was mich enorm berührte.

Mittlerweile hatte er einen Partner, was mich hier und da etwas wehmütig stimmte. Aber auch so sahen wir uns regelmäßig, lagen uns lange in den Armen und als er meinte, auf gewisse Weise auch mich zu lieben, kamen mir ein Paar Tränen.

Noctamid, Tavor, Valium und Co

Es wäre töricht zu glauben, dieses „Big Pack" Tavor bliebe ohne Folgen.

Ich wollte runterkommen, mal durchatmen, und ja, auch mal chillen.

Während anfangs eine Pille reichte, um etwas zu spüren, schmiss ich mir ein paar Tage später drei oder vier ein, um wohlige Leichtigkeit zu fühlen. Zwei Wochen später war ich abhängig. Benzodiazepinabhängig. Somit das Schlimmste, was es gab. Da ich einen zweiten Entzug nicht mehr allein durchmachen wollte, hatte ich mich rechtzeitig um einen Platz zur Entgiftung gekümmert.

Auch dieser Entzug war furchtbar, aber wieder nicht wegen der Entzugssymptome, sondern der hunderttausend abnormalen Dinge, die sich in - und außerhalb dieser düsteren Klosterpsychiatrie abspielten.

Jedes Mal stand ich vorm Aufzug an der Stelle, an der ich vor zwei Jahren Malte zuletzt sah. Eine hässliche Erinnerung, die immer noch weh tat. Täglich kam ich an der Stelle vorbei, an der ich beschlossen hatte zu springen. Ich hätte nicht gedacht, dass mich dies nach den vielen Jahren noch immer so immens deprimierte. Dem ganzen wollte ich nicht viel Raum beimessen, aber für mich mich war das alles noch so unendlich tragisch, weswegen ich mitunter gegen meine Tränen vergeblich ankämpfte.

Nachdem formal alles geregelt, die Aufnahme durch die Ärztin erfolgt war, konnte ich mein Zweibettzimmer beziehen, in dem ich zum Glück noch der einzige war. Das Letzte, was mir noch fehlte, wäre ein nervender Zimmerkumpane. Mein Vater wusste, wo ich weswegen war. Es würde traurige Weihnachten und trauriges Silvester werden, an dem ich immer so weinerlich sentimental wurde.

Vielleicht würde Weihnachten zum ersten Mal trauriger als Silvester, weil ich keine Familie mehr hatte. Meiner allerbesten Großtante hatte ich einen saftigen, jedoch nicht verletzenden Brief geschrieben, um einmal klarzustellen, wie die Dinge wirklich waren. Auch, wie sehr ich es vermisste, von ihr nicht eingeladen zu werden. Dabei beklagte sie ständig, wie sehr ihr jetzt im Alter der Sinn des Lebens fehle. Dass es mir nicht darum ginge, ein etwaiges Scheinchen abzustauben, erwähnte ich bewusst so explizit.

Würd` mich nicht wundern, wenn es hieße, ich sei nur darauf aus.

Es gab so viele Themen, über die wir uns hätten bestens auf hohem Niveau austauschen können. Eine Nacht und ich wäre wieder fort! Wenn nicht jetzt, wann dann? Ich erinnerte sie daran, bereits 74 zu sein und fragte, ob sie glaube, 120 zu werden. Bestens gelebt, die Liebe ihres Lebens gefunden. Stattdessen eine Entmutigung nach der anderen, vorgetragen in einer Grabes – Stimme ohnegleichen.

In den Augen meiner ‚Restfamilie galt ich als manisch süchtiger Tablettenfresser, der nicht die Disziplin aufbrachte, sein Studium zu Ende zu führen. Ich mahnte sie, ihr Erbe einer Obdachlosen - Stiftung zukommen zu lassen. Ruhig schon einmal drauf hinweisen, dass ihre Zeit ablief. Meine natürlich auch, aber ich hatte ja noch etwas mehr. Dies wären ehrbare Leute, die sich um Menschen kümmerten, die im Dreck lebten. Keinen Cent wollte ich von ihr. Hätte der Staat im Kontexte meines Bezugs von Erwerbsminderungsrente ohnehin einkassiert.

Die Ärztin meinte gleich, ich müsse bei meiner Menge an Valium mit drei bis vier Wochen rechnen. Es überraschte mich nicht, denn davon war ich selbst schon vorher ausgegangen. 60 mg am Tag war schon saftig horrend. Ich hatte mit Nachdruck darum gebeten, ein ambioniertes Reduktionsschema anzuwenden, um schnellst möglich diesem Saftladen entfliehen zu können. Auch dann, wenn noch ein Rest an Entzugs - Symptomatik vorhanden wäre. Mit dem käme ich auch allein zurecht. Hauptsache raus! Raus in die Freiheit. Die Rente hatte ich durch!

Fast nur Alkis waren da. Lothar und ich waren die Einzigen, die einen Benzo – Entzug machten. Sein letztes Bier hatte er 1978 getrunken. Es war großes Glück, ihn hier getroffen zu haben. Vom einzigen Arzt weit und breit, der alles verschrieb, kannte er zig Storys, über die ich mich selbst auch einmal besicken konnte. Herrlich, zumal da ich zum Lachen vornehmlich in den Keller ging. Beim Pflegepersonal war der Name des Arztes dagegen nicht wirklich gern gehört. Dr. Trümmers – Witze kamen nicht an.

Er war mehr als okay und nahm mir die Angst, die würden mich vielleicht noch länger hierbehalten wollen. Langsam hatte ich damit begonnen, mich da reinzusteigern. Was wäre, wenn die den Eindruck hätten, ich sei noch zu labil für draußen? Es ärgerte mich massivst, dass mein Betreuer auch für den Bereich „Gesundheitsfürsorge" zuständig war. Sonst hätte ich „Fickt euch!" sagen können. Kein Plan, was wäre, wenn es hieße, eine Entlassung sei aus ärztlicher Sicht nicht vertretbar. Manche liefen hier schon Monate rum und trotzdem hatte ich den Eindruck, als ginge es ihnen nicht besser, wenn nicht gar schlechter - was mich in keiner Hinsicht wunderte. Jedenfalls gab ich mir fortan größte Mühe, so unauffällig wie möglich zu sein.

Tendenziell war Tablettenmissbrauch eine typische Frauenkrankheit, da die stilvoll und im Geheimen stattfand, während Bier – Prolls doch eher eine primitive Männer - Domäne waren.

Tja, während die Alkoholkranken in der City rumlaufen konnten, sofern sie keine Entzugs mildernden Medikamente einnahmen, durften Benzo - Abhängige drei Wochen im Park mit dieser fürchterlich düsteren Mutter Gottes - Statue die Wege rauf und runter marschieren, weil eine vermeintliche Gefahr von Krampfanfällen bestünde. Scheiße ungerecht! Totale Hysterie! Aber ich hielt mich dran. Zuviel Schiss, erwischt zu werden.

Am letzten Tag würde ich mit voller Wucht der beklemmend – schauerlichen anmutenden Jesus -

Nachbildung einen Tannenzapfen gegen den Kopf pfeffern.

Die Pfleger waren widerlich bis total goldig. Einer, der sich besonders gern aufspielte, indem er jedes Mal großkotzig raushängen ließ, vermeintlich alles zu wissen und zu kennen, meinte, es sei Suchtverlagerung, wenn ich mein Bedarfsmedikament „Truxal" nähme. In meiner dämlichen Furchtsamkeit ihm gegenüber verzichtete ich dann sogar auf die Einnahme des Medikaments, obwohl es ärztlich für Spannungszustände verordnet worden war. Dabei war es so unendlich lächerlich, was er mir vorhielt. Von Neuroleptika konnte man drei Big - Packs fressen, ohne auch nur den Hauch eines Rausches zu spüren. Blöder Penner, dem es Spaß machte, Leute zu entmutigen, die ohnehin schon am Boden waren. Mein eigenes Fieberthermometer kaufte ich mir sogar, weil ich Sorge hatte, die Pfleger zu nerven, wenn ich sie öfter mal bitten würde, Temperatur zu messen. Ich hatte nämlich den Eindruck, leicht fiebrig zu sein.

Eine andere Pflegerin war dagegen super lieb. Klein, dunkelblond und zierlich. Sie hatte fast immer ein Lächeln im Gesicht. Ihr las ich auch den Brief vor, den ich meiner Großtante schicken würde.

Ansonsten fielen zig Angebote aus, immer wieder hatte man es mit einem Vertretungsarzt oder einer Ärztin zu tun, was die Beständigkeit einer ärztlichen Betreuung nicht zuließ. Die war sowieso unter aller Sau. Jedem Arzt musste man nachlaufen. Dabei bestand das Kunststück darin, ihn nicht zu bedrängen.

Zu Weihnachten und den Wochenenden gab es ein Extra – Budget, über das die Gruppe verfügen konnte, wie sie wollte. 10 EURO für jeden. Ganz nett, aber für mich restlos uninteressant, weil mir der Appetit in diesem Puff von Tag zu Tag mehr verging. Tatsächlich hatte ich in einer Woche zwei Kilo verloren. Anfangs hatte ich noch acht, neun oder zehn Toasts gegessen, weil es die einzige Sache war, der ich etwas abgewinnen konnte. 30 Minuten später kotzte ich die Nutella – Weißbrot – Pampe in die Toilette. Aber das war auch nur für ein paar Tage der Fall. Schon bald reichte mir ein Toast mit Erdbeermarmelade.

Ein bisschen mehr Obst, eine Ananas wären nice. Naja, und ich hatte durchgesetzt, Cola light zu bekommen. Ansonsten waren die anderen restlos damit überfordert, einen Konsens zu finden, was an Krabben, Lachs, Wurst, Schinken, Käse, Quark und Eiern zu beschaffen wäre. Bizarre Gesprächsverläufe, die einfach nur affig waren.

Inzwischen kam es mir fast so vor, als sei ich mehr in einer Mastanstalt als in einer Klinik. Die größte Sorge nicht weniger bestand darin, womöglich nicht das größte Stück Fleisch im Essenssaal abgreifen zu können. Ich hasste diesen Saal. Fließbandartiges Abfüttern kaputter Gestalten, die stumpfsinnig umherstarrten. Und der Geruch ging auch mal so gar nicht. Wenn´s hochkam, ließ ich mich 2 x pro Woche dort blicken. Naja, was wollte man erwarten: fressen, rauchen, fernsehen, Smartphone waren die Dinge, der sich die meisten hingaben.

Mittlerweile hatte ich wieder immense Schmerzen am Stumpf, weswegen ich die Prothese komplett auslassen musste. Alles war wund und gereizt. Es fuckte mich so dermaßen ab. Da das Krankenhaus aber nicht in der Lage war, über die Feiertage Krücken zu organisieren, war es ein Patient, der mir welche besorgte. Indiskutabel! Hatten einfach keinen Bock, sich darum zu kümmern. Angeblich hatte keiner einen Schlüssel von der Physiotherapie. Der Krankenpfleger in der Psychiatrie war mit Abstand der chilligste Job, den es gab. Ralph dagegen war ich unendlich dankbar. Er hatte mir extra seine Stützen von zu Hause mitgebracht. Hätte ich gewusst, wie die

Dinge hier liefen, hätte ich den Entzug allein zu Hause gemacht.

Ein schön gewachsener Weihnachtsbaum mit einer brennenden Lichterkette generierte tatsächlich etwas stimmungsvolle Atmosphäre in dem an sich restlos betrüblichen Kontext.

Mein Vater hatte mir zugesagt, er käme am zweiten Weihnachtstag vorbei. Ein kleines Highlight. Meiner Mutter hatte ich einen Brief geschrieben und meinem Vater ein Bild von mir mit Rahmen mitgegeben. Zwei meiner besten Freunde waren bereits dagewesen.

Wenn mein Vater und ich uns trafen, kam selten Freude oder gar Ausgelassenheit auf, zu melancholisch waren wir beide. Und es gab wieder Streit. Bitterste Vorwürfe musste ich mir anhören, warum ich wieder hier sei. Dass ich ein Höllenjahr hinter mir hatte, interessierte ihn nicht. Allmählich überkamen mich soviel Wut, Hass und Traurigkeit wegen der hunderttausend Missstände und Ungerechtigkeiten hier, zuhause, bei den anderen und generell in der Welt, dass ich den Entzug fast schon nebenbei machte. Und das wollte was heißen. Der Benzo - Entzug galt als der Härteste, weil er eben einige Wochen dauerte.

Dass viele, die hier abhingen, schon 37 x hier waren, wohingegen es bei mir erst das zweite Mal war, schien ihn nicht zu interessieren. Immerhin hatte er sich über die Heftigkeit eines Benzodiazepin - Entzugs erkundigt und eine vage Vorstellung davon bekommen, was ich durchmachte.

Es lief echt nicht toll mit meinen Eltern. Im Sommer war ich nicht einmal zum Grillen eingeladen worden, obwohl sie einen schönen, großen Garten hatten. Zwei Monate konnte ich Wäsche und Haushalt allein mit eineinhalb Beinen machen. Eine Waschmaschine hatte ich nicht, weswegen ich alles im Rucksack mühselig mit Krücken zum Waschsalon schleppen konnte. Bestimmt hätte ich noch Freunde fragen können, aber da ich dabei war, mich zunehmend von allen zurückzuziehen, tat ich es nicht.

Nichts wird besser

Doch nach einem verlorenen Jahr totaler Rumkrüppelei mit zig fehlgeschlagenen Nachbesserungen an meiner Prothese gelang es mir dann doch, wieder wie früher uneingeschränkt fast schmerzfrei durch die Gegend tigern zu können. So nice dies auf der einen Seite war, so immens schlimm war es für mich, aus meinem Angstmodus nicht wieder herauszufinden. Obwohl der Benzo - Entzug abgeschlossen war, übermannten mich Ängste in einer Dimension, die mich zunehmend nach vielen Jahren wieder an den Rand der Suizidalität drängten. Sie trieben mich regelrecht in den Wahnsinn. Zur Ruhe kam ich nicht ansatzweise. Die andauernde Beklemmung und die teuflische Angst vor der Angst waren schier unerträglich. Katastrophen - Phantasien drängten sich mir auf, die mich komplett fertig machten, obwohl ich rational checkte, dass diese ganzen Verzerrungen maßlos abstrus waren.

Yes, ich fürchtete, leider die Power zu haben, noch einmal solch einen Scheiß zu machen. Und dann? Bis zum Hals gelähmt noch 50 Jahre im Heim verdämmern? Frühere Suizidversuche begünstigten Erneute, hatte ich einmal gelesen. Nun, ich hatte nicht den Hauch einer Absicht. Doch diese Phantasien waren schon ausreichend, um mich jeden Morgen aus einem klatschnass geschwitzten Bett aufstehen zu lassen. Früher hatte ich nachts nie geschwitzt. Und dies waren auch nicht die Medikamente, was Heiko vermutete.

Mit einem knappen „Hallo Manuel" hatte sich meine Mutter wieder bei mir gemeldet. Obwohl ich einen immensen Groll gegen sie hegte, signalisierte ich ihr, bereit zu sein, wieder auf sie zuzugehen. Drei Wochen später, wünschte ich, ich hätte es nicht getan. Von jetzt auf gleich musste ich damit klarkommen, keine Familie mehr zu haben. Wir alle zusammen waren wieder massiv aneinandergeraten. Elend fühlte ich mich, denn eigentlich hatten wir uns abgewöhnt, hässlich, böse und beleidigend zu werden. Von absolut gnadenloser Härte zeigten sich meine Eltern, ja machten mir Vorhaltungen, die maßlos unfair waren. Verkommen sei ich. Ein Jemand, der sie enorme Summen gekostet hätte. Nein, dies war wirklich nicht korrekt. Als sei es mir über Jahre darum gegangen, sie finanziell auszubeuten. Klar, waren sie mal eingesprungen, als das Jobcenter nicht gezahlt hatte. Aber das war eine Notlage gewesen, die ich nicht provoziert hatte. Am Bettelstab hingen sie jedenfalls noch lange nicht. Und obwohl ich mich gern rumtrieb, war ich längst noch nicht verkommen. Als ich meine Eltern fragte, ob sich meine Schwester, die noch bei ihnen lebte, an den Haushaltskosten beteiligte, eskalierte die Situation. Ich fand nicht wirklich, dass die Frage unverschämt gewesen war. Denn ich nahm an, dass sie weder Blumenerde aß, noch Regenwasser trank. Während sie ein Auto geschenkt bekommen hatte, hatte ich keins. Nicht, dass ich eins wollte, aber ich hatte halt keins. Schlimm war es, einfach nur schlimm. Nachdem wir uns zehn Minuten lang übelst beschimpft hatten, verließ ich heulend das Haus. Beim Rausrennen hatte ich noch versucht, ein gerahmtes Bild von meinen Eltern und mir zu Boden zu reißen, was meine Mutter aber gerade noch verhindern konnte. Stundenlang weinte ich blutrote Tränen, denn zu widerlich war dieses explosive Zerwürfnis, als dass ich die Hoffnung hatte, uns jemals wieder anzunähern. Heiko, mein treuer Heiko war jetzt der Einzige, den ich noch hatte. Ich dachte an meinen alten Vater, der nicht nur wegen seiner zwei Herzinfarkte schwer krank war. Vielleicht würden wir uns niemals wiedersehen. In einem sehr emotionalen Brief hatte ich ihm einmal geschrieben, wie traurig ich wäre, wenn es ihn nicht mehr gäbe, denn ich hätte ihn sehr, sehr lieb. Davor hatten wir auch übelst gestritten. Und jetzt wiederholte sich die gleiche Scheiße nochmal, die aber fast schon Nebensache war. Auch nachdem ich aus der Klinik entlassen worden war, war ich Gefangener teuflischer Angstspiralen, aus denen ich mich nur kurzfristig mit „Tafil", „Valium" und „Tilidin" befreien konnte.

Inzwischen hatte ich mich um BeWo gekümmert, was auch umgehend installiert wurde. Eine sehr nette Sozialarbeiterin hatte mich dazu ermutigt, Betreutes Wohnen wieder in Anspruch zu nehmen und mir Kontakte vermittelt. Dazu musste sie mich nicht zweimal auffordern. Hinter der Sache stand ich sofort, wobei ich zweifelte, ob es ausreichend wäre, zwischen den vielleicht zwei Terminen pro Woche durchzuhalten, ohne Gefahr zu laufen, abzudrehen. Aber ich war noch in der Klinik. Obwohl ich totale Drecksschweine im Vierbett – Zimmer hatte, fürchtete ich nichts mehr als den Tag der Entlassung. Aber natürlich war mir klar, nicht dauerhaft hier bleiben zu können. Durfte ich in Begleitung von Heiko die Station verlassen, rannte ich zur Sonnenbank, denn schließlich gäbe es nichts Schlimmeres als in der Psychiatrie optisch zu verwahrlosen.

Oh Gott Manuel, hattest du keine anderen Sorgen? Wie der Zufall es wollte, war auch jene Sozialpädagogin dabei, die mir schon vor zehn Jahren zur Seite stand. Eine immens patente Frau, bei der ich wusste, dass sie überaus engagiert und fit in der Sache war.

Das Installieren des BeWos war kein großes Ding. Als ich nach zwei Monaten aus der Klinik vorzeitig flog, weil ich eigenmächtig nicht verordnete Medikamente genommen hatte, konnten wir loslegen. Der Rausschmiss war nicht weiter tragisch. Auf die Frage, wie ich mit meiner Suizidalität umgehen könne, hatte ich von der behandelnden Ärztin keine Antworten erhalten, die mich weiterbrachten. Dafür konnte ich bei der blöden Kuh um jedes Medikament betteln und mir dann auch noch anhören, ich sei manisch auf dieses fixiert. Dreckpuff, in welchen ich nie wieder ginge.

Auch trotz des Betreuen Wohnens blieben die Ängste ein Dauerbrenner. Doch war es für kurze Zeit befreiend, mich mit einem geschulten Gegenüber darüber austauschen zu können. Angst lähmte. Angst löste eine horrende Getriebenheit aus, die kaum auszuhalten war. Sich Leichtigkeit zu wünschen, war illusorisch. Alles was ich wollte, war etwas Erträglichkeit.

Irgendwie den Tag gemanagt kriegen, ohne sich von Stunde zu Stunde zu quälen. Daher war es immens wichtig, so aktiv wie möglich zu bleiben, um Vermeidungsverhalten zu reduzieren, was die Ängste nur noch weiter befeuert hätte. Meine BeWo – Betreuerin konnte mich dazu überreden, Arbeitstherapie wahrzunehmen. Für den Anfang dreimal drei Stunden in einer geschützten Einrichtung, in der ich mich kreativ austoben konnte. Behindertenwerkstatt! Toll! Aber dennoch klang es nicht übel, obschon ich Scham verspürte, jetzt hier gelandet zu sein. Doch das Konzept war überzeugend. Verpflichtung, weil ich anwesend sein musste, aber gleichzeitig doch die Freiheit habend, kreativ dies tun zu können, worauf ich Lust hatte. Die Grundmaterialien wurden umsonst zur Verfügung gestellt. Immer hatte ich nicht Bock, hinzugehen, doch das Malen mit Aquarellstiften und Porzellanfarben war eine schöne Sache, der ich viel abgewinnen konnte.

Als der Sommer da war, musste ich mich zwingen, zum Cruisen nach Köln zu fahren - aufgrund der Scheiß inneren Lähmung der Ängste wegen. Selbst zu schönen Dingen musste ich mich aufraffen. Früher wäre ich der Letzte gewesen, der beim Cruisen gezögert hätte. Doch wie sollte ich mich auf ein Date oder eine andere schöne

Sache einlassen, wenn ich Angst hatte, übermorgen wieder auf dem siebten Stock zu stehen? Doch wenn ich es nicht einmal versuchte, hätte ich gleich einpacken können. Also fuhr ich dann doch viermal ans Rheinufer im Kölner Norden, wo man Spaß haben konnte, wenn man aufgeschlossen und unerschrocken durch den lichten Sommerwald streifte. Und erst einmal dort angekommen, waren die Ängste dann auch für ein paar Momente in den Hintergrund gerückt, in dem sie noch ein bisschen rumzappelten.

Solange ich von Angst besessen war, sah ich keine Notwendigkeit, vom Konsum nicht verordneter Substanzen abzulassen. Denn primär gebrauchte ich sie nicht mehr, um mal nett zu chillen, sondern um ansatzweise klarzukommen. Um nicht körperlich abhängig zu werden und zu verhindern, eine Toleranz zu entwickeln, versuchte ich ein schlaues Konzept auszutüfteln, was dies abwenden sollte. Heute „Doxepin", morgen „Diazepam", übermorgen „Tilidin", dann eine Steigerung der Dosis von „Pregabalin". Soviel wie nötig, so wenig wie möglich. Dumm war dies nicht, in gewisser Hinsicht gelang es mir sogar, weitgehend diszipliniert daran festzuhalten und somit eine komplette körperliche Abhängigkeit abzuwenden. Doch ich ärgerte mich darüber, nur so von Tag zu Tag zu krüppeln. Mittlerweile ging es mir fast nur noch um Erträglichkeit. Unbeschwertheit anzustreben, erachtete ich als utopisch. Träume hatte ich schon längst nicht mehr. Ich hoffte sehr, mich nicht zu verlieben. Eine Partnerschaft hätte mich nämlich restlos überfordert. Auch wenn ich mich so sehr nach zärtlicher Intimität sehnte. Wenn ich einen guten Tag hatte, reichte es fürs schmierige Sex – Kino. Traurig. Aber so sah es aus.

Wirklich tragisch wäre eine körperliche Abhängigkeit nicht. Nach spätestens zwei Wochen Entzug war man schließlich wieder clean. Dies zu dämonisieren, brachte mich in Rage.

Aber wenn ich vielleicht mal zeitweise einen Erfolg in Form einer Stimmungsstabilisierung erzielen sollte, würde ich dies dem Medikament zuschreiben und könnte nicht sagen, es selbst geschafft zu haben, was mir Zuversicht und Vertrauen in meine eigene Selbstwirksamkeit geschenkt hätte. Heiko betrachtete das Fehlen einer Selbstwirksamkeitserfahrung als zentrales Defizit, was in seinen Augen eine Entwicklung zum Besseren unmöglich machte. Auch mich überzeugte dieser Aspekt. Denn tatsächlich betrachtete ich mich als Opfer von Problemen, die ich als Gott gegeben erachtete, denen ich hilflos ausgeliefert wäre. Die Tante der ambulanten Suchttherapie hatte diesen Punkt bereits umfassend thematisiert.

Durch Zufall hatte ich erfahren, dass es in der Nähe von Krefeld einen Rastplatz gab, der auch zu Fuß zugänglich war. Nice, verdammt nice! Mehrmals hatte ich Heiko gebeten, mich doch mal auf solch einem Parkplatz abzusetzen. Die Erfüllung dieses Wunsches hatte er mir jedoch nicht erfüllen wollen, weil er meinte, dies sei zu gefährlich. Aber fortan musste ich nicht immer nach Köln fahren, wenn ich Fun suchte. Und die dreizehn Euro fürs schmierige Pornokino konnte ich mir im Sommer nun auch schenken. Geilo! Und das Publikum war auch gar nicht mal so übel. Greise Rentner waren natürlich immer dabei. Doch auf das ein oder andere Highlight musste man hier im Gegensatz zum Sex - Kino keine Ewigkeit warten. Und außerdem gab es etliche Sitzbänke, auf denen man sich im Sommer bräunen und gespannt auf die Insassen aller paar Minuten einfahrender PKWs oder LKWs warten konnte.

Ziemlich tierlieb war Heiko schon immer, wenngleich nicht gut zu Vögeln. Ich selbst aß gern Fleisch, aber keine Wurst, weil ich kaltes Fleisch nicht mochte. War halt ein Süßer, der gern zum

Frühstück Nutella, Marmelade oder Honig aß.
Zunehmend reduzierte mein bester Freund seinen
Fleischkonsum, bis er schließlich überhaupt
keines mehr verzehrte. Ausgenommen waren
reduzierte Waren, da Heiko nicht wollte, dass
Tiere umsonst starben. Bio hasste ich, weil deren
Klientel so tat, als wären konventionell gefertigte
Essensprodukte minderwertig. Außerdem hatte
ich nicht die Kohle für eine Nuss – Nougat –
Creme 4,79 EURO zu blechen. Doch zunehmend
überdachte ich mein eigenes Essverhalten.
Bislang betrachtete ich Schweine und Co. als
bloße Nutztiere, die dem Menschen, dem
vermeintlichen Herren der Schöpfung, zum
Verzehr zu dienen hatten. Nicht nur durch unsere
gelegentlichen Zoobesuche distanzierte ich mich
zunehmend vom Fleischkonsum, bis ich es
letztlich auf ein absolutes Minimum von ein bis
zweimal pro Monat drastisch reduzierte. Auch,
weil ich festgestellt hatte, mit Tofu ganz lecker
kochen zu können, was ich bis dato stets
belächelt hatte.

Eier aus Bodenhaltung kaufte ich fortan nur noch,
wenn ich drastisch knapp bei Kasse war. Hühner
waren schließlich auch Lebewesen, die halbwegs
artgerecht gehalten werden wollten. Alles in allem
hatte kein Tier davon etwas, doch wenn jeder zu

solch einem Erkenntnisprozess käme, gäbe es eine echte Wende zum Besseren. Zu einem militanten Tierschützer wurde ich trotzdem nicht, wenngleich ich es mir nicht nehmen ließ, andere zu einer Änderung ihres Essverhaltens zu ermutigen.

2 x 7

Geschichte wiederholt sich. Auch bei mir. Aus
einer Phantasie wurde eine Erwägung. Aus einer
Erwägung wurde eine Absicht. Aus einer Absicht
wurde eine Tat. Aus einer Tat wurde eine
Tragödie. Ich sprang zum zweiten Mal. Wieder
aus dem 7. Stock. Wieder aus dem Elisabeth –
Hospital. Wieder aus dem gleichen Grund.

Ich hatte mich dagegen entschieden, wieder in die
Psychiatrie zu gehen, in der einem ohnehin nicht
geholfen wurde. Letztes Jahr war ich auf der
Geschlossenen gewesen, auf der die Psychotiker
mit ihrem teilweise aggressiven Verhalten alles
dominierten, während die ein oder zwei Patienten
mit Angstsymptomatik restlos untergingen. Nein,
nie wieder. Erst recht nicht wegen dieser
furchtbaren Ärztin, die mich vollkommen hängen
ließ. Nein, dieses Mal rettete ich meine Ehre,
indem ich keine Schwäche zeigte.

Wochen vorher war ich bei einer Therapeutin
vorstellig gewesen, bei der wir beide spürten, dass
es stimmig war. Gnadenlos – brutale Bedingung
für eine Therapie war allerdings, auf Drogen und
selbst verordnete Medikamente zu verzichten.

Tricksereien waren nicht möglich, da sie unangekündigt selbst zu bezahlende Urinkontrollen einforderte. Schon klar, da nicht die ganze Zeit verballert sein zu können.

Aber das Weglassen meiner Benzos war eine Sache, die nicht weniger als mörderisch brutal war. Dennoch war es mir gelungen, vier Wochen später einen Abstinenznachweis zu erbringen. Restlos begeistert war sie. So sehr, dass sie mir aus dem Impuls heraus in die Hände klatschte. Aber ich ahnte, dies nicht dauerhaft durchhalten zu können. Bislang war es ja schon schlimm gewesen, doch nun war fortan jeder Tag eine unerträgliche Qual, denn die Ängste schlugen mit solch einer immens brutalen Wucht durch, dass ich zunehmend immer mehr ins Suizidale abrutschte, ohne es klar zu realisieren. Oft fühlte ich mich so hoffnungslos, dass ich bis 13 Uhr im klitsch nass verschwitzten Bett lungerte, weil ich eine scheiß Angst vor dem Tag hatte.

Es war Juni. In kurzer Hose, braun gebrannt und mit Alphaville im Ohr wollte ich in lauen Sommernächten das wilde Abenteuer in Köln suchen. Doch daraus wurde nichts. Absolut nichts. Wie sollte ich mich auch auf eine coole Sache einlassen, wenn ich fürchtete, übermorgen aufm Hochhaus zu stehen?

Irgendwann war dies okay. Irgendwann wollte ich nur noch etwas Erträglichkeit. Vielleicht abends bei Heiko aufm Balkon bei nem Glas Bier sich etwas fallen lassen. Dies wäre ein immenser Erfolg gewesen. Doch selbst dazu reichte es nicht mehr. Denn in stetig wachsendem Ausmaß lähmten und blockierten mich meine scheiß verfickten Ängste, bis ich allmählich begann, fassungslos zu resignieren und bald weniger war als ein Schatten meiner selbst. Denn von Tag zu Tag weniger hatte ich einen Plan, was ich konkret tun konnte, um mich wirksam ihrer zu erwehren. Alle Ansätze, die mir in den Sinn kamen, griff ich verzweifelt auf, um dann letztlich mit noch größerer Hoffnungslosigkeit festzustellen, dass mich nichts, gar nichts, überhaupt nichts ansatzweise zu beruhigen vermochte. „Diazepam" war noch eine Option, aber ich wollte meine Therapie nicht gefährden.

An den großen Befreiungsschlag glaubte ich ohnehin nicht mehr. Während ich dabei war, mich immer mehr aufzugeben, hatten die Ängste schon längst eine fatale Eigendynamik angenommen, der ich kaum noch etwas entgegenhalten konnte. An Menschen mit Panikattacken dachte ich ja fast schon mit Neid. Schließlich konnten sie volle

Busse meiden, in denen sie oft solch eine Attacke übermannte. Auch nicht schön, keine Frage.

Doch ich konnte weder vor einer Bedrohung flüchten, noch in den Angriff gehen. Der Angst vor sich selbst konnte keiner entfliehen, denn ich war gezwungen, mein gestörtes Gehirn überall dorthin mitzunehmen, wohin mich meine rastlosen Beine führten. Meistens liefen sie wie getrieben ununterbrochen auf und ab und ohne Verstand und Ziel. Sehr genau war mir klar, dass es das absolut Wichtigste war, Vermeidungsverhalten zu reduzieren, um Ängste nicht wachsen zu lassen. Doch ich war inzwischen innerlich bereits so gelähmt, so tief unten, dass ich alles mehr und mehr und mehr bekümmert aufgab: meine wenigen Freunde, Sexualität, die Optik, einfach alles. Ich hatte verloren. Ich war am Ende. Endgültig und ganz am Ende.

In Therapiebücher schaute ich schon längst nicht mehr. Anfangs hatte ich noch große Hoffnung gehabt, doch die Ernüchterung ließ nicht lange auf sich warten. Weder hatte ich die Soziale Phobie, weder hatte ich die Generalisierte Angststörung, weder hatte ich Panikattacken. Mein Fall war mal wieder gesondert gelagert. Klasse! Ein oder zwei oder drei Aspekte gab es, die ich zu beherzigen versuchte, weil sie mich überzeugten. Mehr oder weniger war es das dann aber auch.

Heiko war so was von lieb zu mir. Minigolf wollte er mit mir spielen gehen, Ruderboot fahren, doch ich fühlte mich so elend, dass ich seine Angebote nach langem Zögern bekümmert zurückwies. Dabei tat mir das so sehr weh. Klar, ich hatte resigniert. Meine Bezugstherapeutin in der Arbeitstherapie tat alles, um mich zu motivieren, durchzuhalten, um den ersehnten Therapieplatz zu erhalten. Dreimal hatte ich mich noch nach Köln quälen können, wo ich am Rheinufer durchs Grüne streifte und ein paar Augenblicke etwas schnellen Spaß hatte. Okay, gab also doch noch ein paar ganz ordentlich aussende Typen, die auf mich ansprangen.

Wieder wurde ich ins Uniklinikum gebracht. Wieder war ich zertrümmert. Wieder hatte ich Glück im Unglück gehabt. Keine Lähmung, obwohl fünf Wirbelkörper gebrochen waren. Wahnsinn! Eine Oberschenkeltrümmerfraktur. Eine zersplitterte Ferse. Zwei zerschmetterte Handgelenke rundeten das ganze Elend ab. Während ich auf der Intensivstation emotional verreckte, ballerte draußen die Sonne bei 40 Grad. Tja, den Sommer hatte ich mir restlos ruiniert. Und meine Krankenkasse wahrscheinlich auch. Einmal hatte ich es noch geschafft, mit Heiko zum Badesee zu fahren. Einmal!

Es war ein wundervoller See. Glasklares Wasser. Einsame Buchten. Lichter Sommerwald. FKK und ein Schwulen – Areal mit Leuten von jung bis alt in voller Harmonie und Friedlichkeit. In besseren Zeiten brannte ich darauf, durchs Grün zu streunen, mich auszutoben, mich begehren lassen und einmal sogar war ich mit Heiko quer und zurück durch den nicht wirklich kleinen See geschwommen. Tja, Vergangenheit. Ich war natürlich außerstande, ohne bittere Wehmut an diese besseren Tage zurückzudenken. Alles hätte ich gegeben, diese zauberhafte Leichtigkeit wiederzuerlangen. Das Ziel war so nah – und dennoch so unerreichbar weit fort. Denn ich war immens darin talentiert, mich voll und ganz vermeintlich bedrohlichen Dingen auszuliefern, die zu aller Wahrscheinlichkeit gar nicht existent waren. Ein Trauerspiel ohnegleichen.

Nachdem ich wohl mehrmals nach meiner Mutter geschrien hatte, ging mich eine Schwester harsch, in meinem Kontexte unverschämt harsch an. Angst hatte ich, was ich ihr auch sagte, doch schon fast süffisant entgegnete sie mir, es gäbe nichts, wovor ich Angst haben müsse. Blöde Sau! Ich hatte keine Angst vor düsteren Gestalten in der Dunkelheit, sondern Angst vor der Angst. Nur begriff das kein Idiot. Ich heulte, als meine Mutter kam, da ich dachte, sie hätte sich abgewandt. Hatte sie aber nicht.

Zwei Tage musste ich beatmet werden, da ich das Bewusstsein verloren und nur Schleim gespuckt hatte. Meine Mutter hatte mit dem Psychiater gesprochen, ihm von mir erzählt, von dem Medikamentenmissbrauch, den Ängsten, woraufhin er meinte, die seelische Genesung würde noch lange dauern. Dennoch sei es angezeigt, trotz meines Benzo - Missbrauchs „Tavor" zur Beruhigung anzusetzen. Gott sei Dank! Die Chirurgen hatten mir dann noch zugesichert, am nächsten Tag auf die chirurgische Normalstation verlegt zu werden. Dort kam ich dann tatsächlich auch etwas zur Ruhe.

Das musste man sich mal reinziehen! Da zertrümmert sich einer, indem er sich vom Hochhaus stürzt und bettelt daraufhin auf der Intensivstation verzweifelt nach Benzodiazepinen. Und nein, dies waren keine Entzugserscheinungen. Ich war körperlich Benzo – clean. Es war einzig und allein lupenrein ehrliches Zeugnis der Dimension meiner Ängste, die in die Unendlichkeit ausuferten.

„Truxal", ein Uralt – Neuroleptikum, wollten die Ärzte mir geben. Doch den Sick konnten sie sich sonst wohin stecken. Jahrelang hatte ich es gegen Unruhe bekommen, wobei es restlos versagte. Nicht den Hauch einer Linderung meiner inneren Hochspannung spürte ich. Auch „Melperon" und „Pipamperon", zwei Wirkstoffe aus der gleichen Stoffklasse, konnte man in die Tonne hauen, denn diese waren kein Deut wirksamer.

Aber „Diazepam" ging ja nicht, war ja schließlich Teufelszeug, das von meinem Umfeld immer wieder problematisiert, ja fast schon dämonisiert worden war. Fuck, das war nicht fair! Die halbe schwule Szene spritzte sich sich Chrystal, jeder kiffe, während von mir erwartet worden war, auf Pillen zu verzichten, die wirksam anschlugen. Missbrauch hin oder her. Lieber abhängig als bis zum Hals gelähmt im Pflegeheim zu verdämmern!

Da ich - vor dem Sprung - kaum noch Hoffnung gesehen hatte, war es auch egal gewesen, wieder Heroin zu konsumieren. Wie jeden Samstag kam ich mit dem Zug nach Düsseldorf, wo ich von Heiko stets herzlich empfangen wurde. Als er gecheckt hatte, dass ich was genommen hatte, bat er mich, zurückzufahren, was ich auch tat, nachdem ich etwas rumgepamt hatte. Doch weder hieran, noch an die Tragödie, die sich am Sonntag in Krefeld abspielte, hatte ich eine Erinnerung. Absolut keine. Nicht einmal eine Diffuse. Später erzählte mir Heiko, ich hätte mich abends am Telefon entschuldigt und gefragt, ob ich denn am nächsten Tag mit ihm zum See gehen dürfe. Doch statt mich in den Zug Richtung Badesee zu setzen, traf ich wohl bewusstseinsklar oder geistig vernebelt eine fatale Entscheidung, indem ich auf das Elisabeth – Hospital zusteuerte.

Anders als vor 12 Jahren wurde ich nur „6" x operiert. Aber das reichte voll und ganz. Als ich aus der OP erwachte, in welcher mir Metallplatten in die Ferse gehauen worden waren, heulte ich vor Schmerzen. Die schlimmste OP meines Lebens. Dabei hatte man mich insgesamt bestimmt schon 50 x Mal mit Vollnarkose abgeschossen.

Im Gegensatz zu meinem ersten Polytrauma interessierten sich die Psychiater einen Scheißdreck um mich. Während ich damals für sechs Wochen auf die Geschlossene verschleppt worden war, kam dieses Mal lediglich jemand vorbei, um kurz zu fragen, ob ich noch suizidale Gedanken hätte. Nun, es war nicht meine Intention, wieder auf der Geschlossenen zu verrotten. Als die Psychiaterin, eine überaus unempathische Person, in der Patienakte las, dass ich „Zopiklon" zum Schlafen erhielt, strich sie dieses rigoros zusammen. Machte ja schließlich abhängig. Sollte sie doch, dämliche Ziege. War ja nur schwerst traumatisiert und hatte zwischenzeitlich sechs Tage am Stück nicht geschlafen.

Während von Seiten der restlichen Familie nicht einer mal anrief, kam meine Mutter, die mich über ein Jahr gemieden hatte, mehrere Stunden zu mir, um mir beizustehen. Und das jeden Tag ohne Ausnahme! Ohne sie hätte ich mich hier aufgeben. Mein Vater war ja schon krank, doch im letzten Jahr hatte sich sein Gesundheitszustand nochmals verschlechtert. Obwohl er mir nicht wirklich etwas vorwarf, spürte ich, wie fertig ihn das Ganze machte. Immer, wenn es sein Gesundheitszustand zugelassen hatte, war auch er zu mir gekommen, was mich so sehr rührte, dass nicht selten kleine Tränchen kullerten.

Meine Schwester besuchte mich nicht, was ich ihr nicht verübelte. Für mich war das okay. Mittlerweile war sie eine selbstbewusste junge Frau, die studierte und eine steile Karriere anstrebte. Vielleicht würde ich versuchen, auf sie zuzugehen, wenn ich stabiler wäre.

Wenn meine Eltern da waren, ließ ich mich vom Tropf abstöpseln, hangelte mich mühselig, aber geschickt in den Rollstuhl, mit dem sie mich vors Klinikgelände fuhren. Nach drei Wochen konnte ich dann auch wieder etwas Sonne genießen, während ich zwei Zigaretten rauchte, die einfach nur wundervoll schmeckten. Und jedes Mal gab es Karamell – Eis, was noch besser schmeckte. Eine kleine Geste meiner Eltern, die offenbarte, trotz allem wundervolle Eltern zu haben.

Die OPs erfolgten in kurzen Abständen. Innerhalb von vier Wochen waren beide Handgelenke, der Oberschenkelbruch, die Fersenfraktur und die Wirbelsäule versorgt. Während hier die Unfallchirurgen exzellente Arbeit ablieferten, war die Pflege unter aller Sau. Hatten keinen Bock, kamen nicht, waren ständig missgelaunt. 25 Tage durfte ich nicht duschen, obwohl ich das OK der Ärzte hatte. Hatten einfach keine Lust, mir kurz ´n Müllsack ums Bein zu binden. Ich stank und war total versifft. Da konnten sie noch so oft mit ihrer dämlichen Waschschüssel kommen.

Manchmal wünschte ich, wenn es klopfte, statt einer muffigen Schwester käme Thomas herein und würde mit seiner smarten Stimme „Hallo Mäxchen" rufen. Doch dieser kam nicht. Nur die muffige Schwester. Immerhin telefonierten wir und vereinbarten, uns mal zu treffen, wenn er wieder im Kölner Raum wäre. Das war doch mal was! Zehn Jahre hatten wir nicht telefoniert. Aber mittlerweile hatte diese Zeit alle Wunden geheilt, wenngleich es mich immer noch sehr berührte, von ihm angerufen zu werden, denn ich hing noch sehr an ihm, auch wenn ich ihn nicht als Partner zurückwollte. Vielleicht waren wir auf dem Weg, sehr gute Freunde zu werden.

Heiko hatte mir angeboten, ihn jederzeit anrufen zu dürfen, wenn es mir dreckig ging. Ich fühlte mich 24 Stunden elend, schlief einmal sechs Tage am Stück nicht, doch ich beschloss, die Anzahl meiner Anrufe auf vier pro Tag zu beschränken. Zu meiner Erleichterung zeigte er sich zu keiner Zeit genervt oder dergleichen. Lange telefonierten wir nie, weil ich wegen meiner gebrochenen Handgelenke noch große Probleme hatte, das schwere Handy zu halten. So gut es ging, tröstete er mich, wenngleich ich mitunter irritiert war, wenn er sagte, er könne es nicht verstehen, wie es zu so etwas kommen konnte. Nun ja, in meinen Augen war dies eine Tatsache, die selbst ein Blinder mit Krückstock hätte sehen können.

Wenn ich weinte, meinte er liebevoll, ich solle mir all die schönen Bilder von den lustigen Tieren aus dem Neunkirchener Tierpark vor Augen halten, in den wir allzu oft gegangen waren. An das Alpaka, das Heiko angeniest hatte, an die Krähe, die mich in den Finger gepickt hatte und an den Papagei, der immer gekrault werden wollte. Aber sobald ich mir dies bildlich vorgestellt hatte, weinte ich meistens noch bitterlicher, weil ich glaubte, niemals wieder schöne Momente mit ihm zu erleben. Allein ich war Schuld daran, den Sommer nicht gemeinsam unbeschwert genießen zu können.

Hoffnungslosigkeit, Rückzug, frühere Suizidversuche, Behinderung, chronische Niedergeschlagenheit, Einsamkeit, Trauma – alles Indikatoren, die einen Suizid begünstigen. Aber es wäre nicht fair, hier irgendeinem Vorwürfe zu machen. Zumindest nicht Heiko. Ihm war ich dankbar, unendlich dankbar, ihn jederzeit kontaktieren zu dürfen. Denn mir ging es verdammt elend, ich stank, war von Kopf bis Fuß verdreckt und restlos desillusioniert, was die Aussicht auf einen guten Ausgang dieser gnadenlos – brutalen Tragödie machte, die vielleicht hätte verhindert werden können, wenn ich die Benzos weiterhin genommen hätte.

Ansonsten hörte ich sämtliche ??? - Hörspiele rauf und runter, obwohl sie mir schon fast öde vorkamen. Doch das Geplapper taugte mitunter immerhin etwas dazu, mich zu beruhigen, wenn ich gedanklich in den Abenteuern von Justus, Bob und Peter versank. Anfangs war ich wohl noch nicht ganz dabei. Denn ich erinnerte mich daran, nach einem Pfleger geklingelt zu haben, um ihm mitzuteilen, augenblicklich Arbeitstherapie wahrnehmen zu wollen. Alles klar, Manuel. Mit zwei stählernen Fixateuren an den Beinen. Als Heiko da war, wollte ich mit ihm in den Supermarkt gehen, denn schließlich hatten wir ja vor zu kochen. Mit einer Pflegerin, die ich herbeigeklingelt hatte, wollte ich dann noch einen Ausflug machen.

Aber was hätte ich schon anderes tun können? Chips im Bett zu knuspern war fies. Als ich Gummibärchen aß, hatte ich am nächsten Morgen drei Stück am Sack hängen, weswegen ich dies auch bald wieder sein ließ. Timo, ein guter Freund und Geologe von Beruf, war echt ein toller, stets super entspannter Kerl, der kam, obwohl ich ihn ein paar Mal versetzt hatte. Nicht böswillig, aber ich kam halt nicht, obwohl wir verabredet waren, weil es mir schlecht ging. Mir war es echt schlecht gegangen und ich hatte Hemmungen, mich als Sorgenwrack darzubieten, mit dem nichts anzufangen war. Doch er besuchte mich trotzdem, brachte Pflaumenkuchen mit und anschließend fuhren wir nach draußen, wo wir ein paar Züge von 'nem Joint nahmen, während wir etwas Sonne tankten. Dass er kam, war mehr als ein kleines Highlight in dem sonst so trübseligen Kontext, was ich ihm sehr hoch anrechnete Ja, er war echt ein feiner Kerl, mit dem das Rumpimmeln stets Spaß gemacht hatte. Aber dies war Nebensache. Mir war sehr daran gelegen, unsere Freundschaft weiter auszubauen, wenn ich vielleicht doch noch einmal Stabilität erlangen würde. Dies wünschte ich mir so sehr! Ich bat ihn, mir ein paar Krümel Gras da zu lassen, die ich in heißes Teewasser geben wollte. Doch bedauerlicherweise stellte sich keine Wirkung ein. Aber egal. Er war wieder in Südamerika gewesen und hatte wie jedes Mal Spannendes zu erzählen. Und selbst über die beklagenswerte Tatsache, zu stinken, konnten wir lachen.

Heim statt Badesee

Nach fünf Wochen im Uniklinikum meinten die Chirurgen plötzlich, dass ich bald nach Hause könne. Meine Familie und ich waren total irritiert, da wir glaubten, ich bliebe bis zur Reha in der Klinik. Nach Hause konnte ich jedenfalls nicht, da ich außer Stande war, auch nur einen Meter zu laufen.

Blieb Kurzzeitpflege, was soviel hieß, ins Heim zu müssen. Doch katastrophaler als im Uniklinikum konnten die Zustände dort in der Pflege nicht werden. Zwar hörte man hier und da Berichte von Horror – Heimen, in denen Bewohner geschlagen und misshandelt wurden, doch ich glaubte nicht, mit solchen Abartigkeiten konfrontiert zu werden. Abartig war es schon gewesen, mich 25 Tage nicht duschen zu lassen. Nachdem ich mein Bett mit fettigen Chips vollgesaut und Gummibärchen, die an meinen Eiern klebten, verdreckt hatte, war das immer ganz besonders toll.

Da Ferienzeit war, hatte es noch einige Tage gedauert, bis dass ein Platz frei war. Doch dann konnte ich Station 872 verlassen.

Im Seniorenzentrum von Neuss wurde ich freundlich empfangen und sofort bat ich darum, duschen zu dürfen. Gemeinsam mit einem wirklich bemühten Pfleger probierten wir das Ganze aus und nachdem das alles problemlos geklappt hatte, durfte ich dann auch allein unter die Dusche. Ich war mega erleichtert, denn ich hatte Sorge gehabt, nur alle drei oder vier Tage in Begleitung duschen zu dürfen. Doch dem war nicht so. Von morgens bis abends konnte ich unter der Dusche in einem wirklich sexy anmutenden Toilettenstuhl sitzen, meine fettigen Haare waschen, meine stinkenden Achseln abbrausen und den siffigen Schwanz mindestens eine Minute mit Seife schrubben, den Urwald roden und die Gummibärchen von meinen Eiern abzupfen. Wieder frisch, sauber und rein zu sein, war einfach nur geil, mega unendlich geil!

Andere Sachen dagegen waren nicht so geil. Obwohl mir gute Bekannte und Freunde zusicherten, mich bald besuchen zu wollen, war nach über acht Wochen immer noch keiner dieser Leute gekommen. Ja, das war echt doof, es schmerzte zeitweilig, aber zumindest wusste ich, woran ich war. Manchen hatte ich Bilder geschickt, wie ich verkabelt und verdrahtet auf der Intensiv dahin vegetierte, aber auch das bewog keinen meiner wohl vermeintlichen Freunde, mich zu besuchen. Gut, ich wusste, was ich von diesen Menschen zu halten hatte, aber letztlich war es doch wieder eine hässliche Erkenntnis, die nicht wenig wehtat und mich massiv deprimierte. Selbst Lena, von der ich ja enorm viel gehalten hatte, kam nicht, obwohl sie es mir zugesagt und sich angeblich gefreut hatte, mich wiederzusehen. Dies hatte mich doch wirklich enttäuscht, zumal da ich absolut sicher gewesen war, dass sie ihre Zusage einhielte. Mit totaler Betrübnis musste ich spüren, dass die Anzahl meiner Freunde mehr als überschaubar war. Mir selbst gab ich die Schuld daran, weil die Ängste aus mir ein bekümmertes Wrack gemacht hatten, das nicht gut bei anderen ankam.

Immerhin hatte ich ein Einzelzimmer vermöge dessen es möglich war, Besuch für das Eine zu empfangen. Blieb nur zu hoffen, dass es jemanden gäbe, der sich von einem Pflegeheim nicht abschrecken ließ. Obendrein musste ich noch ein Antibiotikum einnehmen, das gegen Keime helfen sollte, die an meiner Wirbelsäule gefunden worden waren. Dummerweise fielen von dem Scheißzeug die Haare aus. Neben der Behinderung, meinen kaputten Zähnen wären ausgefranste Haare nun wirklich das Letzte, was ich noch brauchte. Aber da ich mit 32 Jahren angefangen hatte, Kappe zu tragen, war das jetzt zwar doof, aber auch nicht wirklich tragisch.

Meine Handgelenke konnte ich dank intensiver Physiotherapie wieder ohne größere Beeinträchtigungen bewegen. Der Physiotherapeut war schon ´n cooler, smarter Typ, mit dem das Üben Spaß machte. Er war hetero, was mir aber gänzlich egal war, da ich bei ihm bestimmt nicht auf das Eine aus war. Während ich anfangs gerade mal 100 m mit dem Rollstuhl allein schaffte, fuhr ich vier Wochen später allein nach Krefeld, wobei ich mehrmals umsteigen musste und auf die Hilfe anderer Personen angewiesen war. Doch so gut wie keiner ließ mich hängen und mitunter boten mir Fremde draußen in der Stadt an, mich ein paar Meter zu schieben, wenn es bergauf ging.

Öde und langweilig waren die Tage im Heim. Einmal hatte ich mich aufgerafft, die „Kreativwerkstatt" zu besuchen, auch wenn ich es sogleich wieder bereut hatte. Denn alles was die Sozialarbeiterin mitbrachte, waren nicht mehr als zwei Scheren, drei abgebrochene, billige Buntstifte und einen lausigen Bogen Bastelpappe. Viel hatte ich ja nicht erwartet, aber dies fand ich dann doch etwas schmal.

Wie überall herrschte auch hier massivster Personalmangel. Die Pfleger waren überfordert, mitunter vielleicht auch deswegen gereizt. Nicht selten bekam Oma Elsbeth um Viertel nach Acht immer noch kein Brot geschmiert, obgleich sie da schon fast 40 Minuten bekümmert am Essenstisch versauerte. Und das für über 3500 EURO monatlich, die das Heim verschlang.

Der trostlose Anblick dahinsiechender, schwer pflegebedürftiger Personen war unendlich deprimierend. Überall roch es nach Fäkalien. Ich selbst ärgerte mich, dass ich meine, naja, fast noch jugendliche Zeit nicht nutzte, um mein Leben zu leben. Aber die verfickte Labilität machte mir alles kaputt. Alles! Außerdem dachte ich an meine etwaige spätere Pflegebedürftigkeit. Ich hatte weder Kohle, einen Partner, noch Kinder, die für mich da wären. Traurig!

Aus Krefeld hatte ich mir Porzellanfarbe mitgebracht, ein paar Teller ausm Stations - Schrank mitgehen lassen und diese bemalt. Doch nachdem diese in meinen Augen missraten gewesen waren, hatte ich auf Basteln auch keinen Bock mehr und war frustrierter denn je. Denn die Kurzzeitpflege war ausgelaufen, weswegen meine komplette Rente für den Heimaufenthalt angerechnet wurde. Blieben 114 EURO irgendwas an Taschengeld, was mir zustand. Lausig wenig war das! Pillen waren tabu, weil dies den größten Ärger gegeben hätte. Sex - Kino wäre noch eine Option, doch mit Rollator war das nicht wirklich vielversprechend. Dazu müsste ich erst noch mobiler werden und zumindest ansatzweise dynamisch wirken.

Dank eines Freundes, mit dem ich es vergeblich kurz partnerschaftlich probiert hatte, kam ein Zahnarzttermin zustande, bei dem schon ziemlich bald ein paar hässliche Abplatzungen an meiner Fresse ausgebessert wurden. Das war mir echt verdammt wichtig, denn immer mehr schämte ich mich meiner unansehnlichen Zähne. Ich war froh, dass Carsten und ich immer noch recht entspannten Kontakt hatten und nicht in Feindschaft auseinandergegangen waren. Er war ein feiner Kerl, dennoch wäre Partnerschaft keine Option, denn wir waren definitiv zu unterschiedlich. Er barsch, direkt, überaus selbstbewusst, ich sensibel, anhänglich und melancholisch. Keine Frage, das harmonierte nicht, was nicht hieß, vielleicht trotzdem irgendwann eine stabile Beziehung welcher Art auch immer hinzukriegen.

Ansonsten gab es am Heim nicht viel auszusetzen. Krasser Pflegenotstand wie überall, unter dem in erster Linie die hilflosen Bewohner litten. Viel Arbeit hatten sie mit mir nicht. Denn ich war im Stande, mich weitgehend selbst fertig zu machen. Das Essen war ganz in Ordnung und ich als Exot mit meiner Story wurde besonders behandelt. Außerdem hatte es viele gute Gespräche gegeben und mir wurde viel Wertschätzung entgegengebracht, was mich in trüben Stunden etwas aufbaute, wenn ich mich daran erinnerte.

Als ich nach zwölf Wochen das Laufen mit dem Rollator übte und schon recht bald beeindruckende Gehversuche machte, wurde ich von allen Seiten gelobt und beglückwünscht. Ja, das fühlte sich toll an. Mit dem Rollator zu laufen ging bei Distanzen von hundert bis zweihundert Metern recht gut, wenngleich meine Handgelenke schmerzten, mit denen ich mich abstütze, weil diese eben gebrochen gewesen waren. Auch wenn es mir gelang, 100 m mit dem Rollator zu laufen – halbwegs gut sogar, gerade Haltung, Brust raus - war für mich glasklar, dass es noch lange Zeit dauern würde, wieder annähend normal laufen zu können. Und ja, Reha war unabdingbar. Aber da war bislang noch nichts geklärt, was mich ziemlich ärgerte, da ich wissen wollte, woran ich war. Als ich wieder im Uniklinikum nachträglich gecheckt, geröntgt usw. worden war, stellte mir der Chirurg ein Befürwortungsschreiben für die Reha aus, das mein Betreuer dem Antrag zur Reha beifügen würde.

Ich hatte mich durchgerungen, bei der Psychotherapeutin anzurufen, um zu checken, was Sache war. Nun, sie war hellauf begeistert und freute sich überschwänglich. Ich genauso: nur, eins war in Stein gemeißelt: meine offiziell 3 x 0,5 Tavor ließe ich mir niemals nehmen. Dann fände eben keine Therapie statt oder ich suchte mir einen Therapeuten, der diese Dosis an offiziell verordneten Benzodiazepinen akzeptieren würde.

Ein Neuanfang?

Zögerlich, aber immer besser, klappte es, zu laufen. Selbst die Handgelenke taten nicht mehr so weh. Während ich vor ein paar Tagen gerade mal 300 m mit dem Rollator hinbekam, schaffte ich, als ich Frau Müller, bei der ich die Therapie beginnen wollte,aufsuchte auf einmal bestimmt zwei Kilometer, weil ich – einmal in der Großstadt - meinte, noch in hundert Läden rennen zu müssen.

Ja, ich hatte es geschafft. Frau Müller sicherte mir zu, bei ihr die Therapie beginnen zu können. Die dreimal 0,5 Tavor seien für sie am Anfang akzeptabel. Aber natürlich müsste ich für weitere Substanzen den Nachweis erbringen, clean zu sein. Wie immer redeten wir sehr offen, sie nahm kein Blatt vor den Mund, sprach die Dinge direkt an, was mir auch gefiel. Und ich wusste, dass sie meine Offenheit schätzte. Die entsetzlichen Bilder von der Intensivstation zeigte ich ihr. Die entsetzlichen Bilder, auf denen zu sehen war, wie ich verkabelt und verdrahtet war mit hundert Tausend Apparaturen. Mit bizarr anmutenden Fixateuren lag ich da mit aufgequollenem Gesicht in einem ärmlichen Hemdchen in meinem

Pflegebett. Als ich schließlich spontan aufstand, um ihr meine lange Narbe an der Wirbelsäule, die mit sechs Schrauben stabilisiert worden war, zu zeigen, gab sie sich sich fassungslos angesichts dessen, was da hätte passieren können. Sollte Sie fortan einmal den Eindruck haben, ich sei selbstmordgefährdet, würde sie mich einweisen lassen, d.h. ggf. die Polizei verständigen.

Als ich ihr dann mein neues Lieblingsbild, auf dem ich top gestylt, mit schmalen Gesichtszügen, frisch und erholt ausschauend, sauber rasiert und mit klaren Augen sehnsuchtsvoll – melancholisch in den Himmel blickend, zeigte, meinte sie grinsend, es sei ein gutes Zeichen, wieder auf die Optik fixiert zu sein. Hmmm ich liebte dieses Bild wirklich!

Darüber hinaus bestand sie darauf, dass absolute Transparenz zwischen den Helfern, also meiner Ärztin, meinen BeWo – Betreuern und meinem Betreuer, hergestellt werden müsse. Natürlich hatte ich dagegen nichts einzuwenden. Ein mega Erfolg, nun die Therapie in der Tasche haben und somit vielleicht die Chance zu haben mithilfe ihrer mich aus meinen Angstspiralen zu befreien.

Mit meinem Vater wollte ich meine Wohnung wieder herrichten, putzen usw., damit, wenn ich bald nach Hause käme, ein halbwegs behagliches Ambiente vorfände. Naja, sauber vielleicht, behaglich weniger. Die Wände waren beschmiert, die Jalousien zerknickt und die Couch verschmutzt. Naja, wenn ich wieder Pflegegeld erhielte, würde ich nach und nach vieles ausbessern und ersetzen. Mein Vater war es, der mich, während ich verhindert war, meine Wohnung betreute. Superlieb von ihm, wenngleich ich doch etwas angefressen war, dass meine 30 Kakteen nun hinüber waren, die ich gesammelt hatte, weil er es versäumt hatte, diese zu gießen. Hmmm vielleicht hätte ich ihn mal besser darauf aufmerksam gemacht. Meine schönen Kakteen! Manche hatte Heiko mir geschenkt.

Ende des Monats müsste ich definitiv raus aus dem Heim. Mittlerweile war ich nicht mehr pflegebedürftig. Denn wer sich Fickdates im Heim klarmachte, brauchte dieses auch nicht mehr wirklich. Da ich inzwischen regulär aufgenommen worden war, wurde nicht nur mein Pflegegeld, sondern auch meine komplette Rente angerechnet, was ich mir keinen zweiten Monat erlauben konnte. Friseur, Bastelkram, Viagra, T – Shirts, Strom, Telekommunikation – all jenes war mit den lausigen 114 EURO nicht zu begleichen. Ich informierte meinen Betreuer, der erst noch zögerte, mir dann aber versprach, er werde die Kommune, die für den Rest aufkam, informieren. Blieb zu hoffen, dass die Novemberkohle am 31. drauf wäre.

Und natürlich könnte ich wieder wie früher jedes Wochenende zu Heiko. Wir würden kochen, das heißt vielmehr, ich würde für uns kochen, denn andernfalls, wenn Heiko am Herd stünde, wäre dies ein Garant, dass es restlos misslänge, dann irgendwann – vielleicht schon in absehbarer Zeit - wieder gemeinsam in die Sauna gehen, mit unseren 17 Kuscheltieren spielen und wie besessen Kniffeln. Hmmm Sauna wäre vielleicht noch etwas früh. So gangsicher wie früher war ich noch nicht – dann aber halt zumindest Pornokino. Mann Manuel, am besten noch mit´m Rollator ,-)

ENDE